Deseo

LA ESPOSA DE SU HERMANO

JENNIFER LEWIS

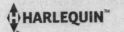

Editado por HARLEQUIN IBÉRICA, S.A.
Núñez de Balboa, 56
28001 Madrid

I.S.B.N.: 978-84-687-4433-9
Depósito legal: M-12049-2014
Editor responsable: Luis Pugni
Impresión en Black print CPI (Barcelona)
Fecha impresion para Argentina: 19.1.15
Distribuidor exclusivo para España: LOGISTA
Distribuidor para México: CODIPLYRSA
Distribuidores para Argentina: interior, BERTRAN, S.A.C. Vélez
Sársfield, 1950. Cap. Fed./ Buenos Aires y Gran Buenos Aires,
VACCARO SÁNCHEZ y Cía, S.A.

Capítulo Uno

—¿Qué quieres decir con que tengo que casarme con ella?

A.J. Rahia trató de hablar en voz baja. Los camareros pasaban ofreciendo champán y el murmullo de las conversaciones llegaba hasta sus oídos. La mujer en cuestión estaba a escasos metros, entre los asistentes al funeral.

Su madre tomó su mano entre las suyas.

—Es tu deber. Cuando un rey muere, uno de sus hermanos tiene que casarse con su viuda.

Las paredes del viejo palacio parecieron venírsele encima.

—Eso es ridículo. Estamos en el siglo XXI. Estoy seguro de que quiere casarse conmigo tanto como yo con ella.

Se resistió a darse la vuelta para mirar a la joven y menuda viuda a la que no había visto desde su boda, cinco años antes.

Su madre ladeó la cabeza.

—Es tan dulce como guapa —dijo suavemente.

—¡Mamá!

—No tengo más hijos.

A.J. se puso rígido. Algo había pasado en su nacimiento que había impedido a su madre tener más hijos. Otra carga de culpabilidad que sentía sobre los hombros cada vez que volvía a Rahiri.

Acababa de llegar para el funeral de su hermano, o como se llamaran aquellas ceremonias en las que no estaba el cuerpo presente, y ya le quemaba en el bolsillo el billete de regreso a Los Ángeles.

–Estoy seguro de que querrá esperar al menos un año antes de pensar en volver a casarse –dijo poniendo la mano en el hombro de su madre–. Entonces encontrarás el marido perfecto para ella.

–A un rey no se le elige. Un rey nace.

–Yo no nací rey. Hay quien piensa que nací para dirigir películas de grandes presupuestos y por eso me pagan tanto.

–Son tonterías y lo sabes –dijo su madre tomando su mano entre las suyas–. Vuelve a casa. Aquí está tu hogar y te necesitamos.

–¿Para gobernar el país? –preguntó ignorando la presión de su pecho–. Creo que no. ¿Y el primo Ainu? Siempre le ha gustado ocuparse de todo. Estará encantado.

–La familia Rahia ha gobernado Rahiri desde que se recuerda. Esa tradición no puede romperse.

–Los cambios pueden ser buenos –dijo él sin sonar tan convincente como esperaba–. Abajo lo antiguo, adelante con lo… –comenzó, pero se detuvo al ver lágrimas en los ojos de su madre–. Lo siento, ha sido desconsiderado por mi parte. No me refería a que la muerte de Vanu haya sido algo… algo…

«¿Bueno?».

Lo cierto era que había sido su primer pensamiento al enterarse de la noticia.

Por otra parte, si esperaban que él ocupara el lugar de su hermano, no era algo bueno.

–Lo sé, querido. No puedes evitar pensar en voz alta. Siempre has sido así, díscolo, un espíritu libre…

–Y completamente inadecuado para ser un monarca.

No era tan díscolo como sugería su reputación, pero aquella imagen podía jugar a su favor en aquel momento.

–Vamos a hablar con Lani.

La sonrisa de su madre no ocultó la férrea determinación que reflejaban sus ojos. A.J. miró a su alrededor. Con un poco de suerte, ninguno de los presentes tendría idea de las intenciones de su madre, especialmente, la viuda de su hermano.

Lo condujo hasta el otro extremo de la habitación, clavándole las uñas en la mano.

–Lani, querida, ¿te acuerdas de A.J., el hermano pequeño de Vanu?

Los ojos de la joven brillaron asustados.

–Sí, claro que sí –balbuceó–. Es un placer volver a verte –dijo forzando una sonrisa.

Lo sabía y estaba horrorizada.

A.J. extendió la mano y le estrechó la suya. Le temblaban los dedos. Menuda y delgada, llevaba el tradicional vestido azul de luto, cubierto en parte por su larga melena. Recordaba el extraño color de sus ojos, marrón dorado como el caparazón de las tortugas, pero no su expresión atormentada.

–Mi más sentido pésame.

Apartó la mirada de su rostro, siguiendo la costumbre rahiriana. Además, era lo más aconsejable teniendo en cuenta la extraordinaria belleza de Lani Rahia. Sus rasgos finos y delicados eran el resultado de la mezcla entre su origen estadounidense y rahiriano. Su piel brillaba como la leche y la miel. Su melena espesa y lustrosa era castaña, pero cuando recibía la luz del sol brillaba como el oro de veinticuatro quilates.

Podía adivinar por qué su hermano, ¿o había sido su madre?, había elegido a Lani como reina a pesar de su origen humilde.

Pero él no tenía ninguna intención de convertirse en su rey.

Lani apartó la mano rápidamente y se la secó en el vestido. Aquel saludo era el preámbulo de una intimidad que le revolvía el estómago. Se esperaba que se casara con aquel hombre simplemente porque era el hermano menor de su marido.

Al menos, había tenido la delicadeza de no mirarla directamente a los ojos como la mayoría de los estadounidenses hubiera considerado normal. Se sentía muy débil para sostener la mirada de nadie. Él no era estadounidense, pero llevaba viviendo en Los Ángeles durante todo el tiempo que ella llevaba en palacio.

Reparó en que era más alto y más fuerte que su hermano. A pesar de que apenas lo había mirado a la cara unos segundos, por su expresión le había parecido agradable.

Pero sabía muy bien que las apariencias podían engañar.

–La pérdida de Vanu ha sido una terrible sorpresa.

Aquella voz profunda quedó suspendida en el aire. Lani tardó unos segundos en salir de sus pensamientos y darse cuenta de que le estaba hablando.

–Ah, sí, terrible. Salió una noche para reflexionar, según dijo, y ya no volvió.

Había esperado acostada, temblando de miedo, a que volviera y acabara lo que había empezado. Había dicho que lo haría con aquel tono cruel de su voz y un brillo frío en los ojos. Las horas habían ido pasando lentamente mientras ella había estado esperando a que se cumpliera su destino.

–Debe de ser muy duro no saber lo que ocurrió.

Oyó compasión en la voz de A.J. ¿Qué clase de nombre era A.J.? Ni siquiera conocía su verdadero nombre. Nadie lo utilizaba para dirigirse a él.

–Todavía no sabemos lo que ocurrió –dijo la suegra de Lani, secándose los ojos con un pañuelo–. Pero después de noventa días... –añadió conteniendo un sollozo–. Hay que nombrar un sucesor.

Lani se puso tensa. Según la tradición rahiriana, el sucesor la tomaría como esposa. Probablemente el sentido de aquella tradición era proteger a los hijos de las viudas y evitar enfrentamientos por la sucesión entre los hijos y los hermanos del difunto rey. Pero ella no tenía hijos.

–Noventa días… Para eso queda al menos un mes. ¿Quién sería el sucesor si el rey no tuviera hermanos? –preguntó A.J. a su madre.

La mujer se secó los ojos.

–Imposible. El rey siempre tiene hermanos. Parir muchos hijos es una bendición rahiriana.

Lani miró a A.J., que parecía angustiado.

–Mamá, tranquilízate por favor. Ya buscaremos una solución, no te preocupes.

Pasó el brazo por la espalda de su madre y le acarició el hombro. Lani sintió ternura al ver aquel gesto.

–Gracias, cariño –dijo su madre sonriendo a A.J.–. ¿Por qué no te llevas a Lani a la galería para descansar? Estoy segura de que estará agotada después del funeral y de tener que hablar con tanta gente.

A.J. miró a Lani. Ella tragó saliva. Prefería estar allí con aquel montón de desconocidos que a solas con su futuro esposo.

¿De veras iba a tener que pasar por aquello?

–¿Te gustaría…? –comenzó él, ofreciéndole el brazo.

Lani contuvo el impulso de retroceder y levantó los dedos hacia los de él. Su antebrazo era musculoso, no delgado como el de su marido, su difunto marido. Se estremeció al tocarlo.

Él carraspeó.

–Si nos disculpas… –dijo dirigiéndose a su madre.

–Claro.

Su madre sonrió, satisfecha de que sus planes estuvieran tomando forma.

Lani trató de mantener una expresión neutral mientras avanzaban lentamente por la sala. ¿Esperaba toda aquella gente que se casara con ese hombre? ¿Esperaban que se comprometiera sin estar enterrado su marido?

Bueno, lo cierto era que no había sido enterrado porque no habían hallado ni su cuerpo ni su barco.

–Disculpa a mi madre –murmuró A.J. al salir a un pasillo frío y solitario.

Su voz resonó en el suelo blanco de piedra. A.J. apartó el brazo y ella dejó caer el suyo a un lado.

–Está haciendo lo que cree que es mejor.

Ella lo miró, tratando de adivinar sus sentimientos.

–¿Crees que es lo mejor? –preguntó A.J. mirándola ceñudo, con sus ojos marrón oscuro.

–No lo sé –contestó ella susurrando–. No tengo experiencia en estos asuntos.

Ni en desafiar mil años de tradiciones monárquicas en presencia de un príncipe rahiriano. Si era como su hermano, le transmitiría su descontento de la manera más severa posible.

–Eres una mujer adulta. ¿Crees que es natural casarse con un perfecto desconocido?

Su pregunta la incomodó.

–A Vanu solo lo vi tres veces antes de casarme.

–Deja que lo adivine: mi madre lo arregló todo –dijo él arqueando una ceja.

Lani asintió. Sentía calor en la espalda y deseaba irse corriendo a su habitación para llorar.

Y no por la supuesta muerte de su esposo, sino por ella y por el dilema al que se enfrentaba: otro matrimonio infeliz o la deshonra si lo rechazaba. Los ojos se le llenaron de lágrimas y se los cubrió con la mano.

–Por favor, no llores –le pidió A.J.–. Vamos a sentarnos al porche. A los dos nos vendrá bien un poco de aire fresco.

La galería por la que caminaban estaba abierta a los jardines, como casi todas las habitaciones del palacio. Los estores de madera y los techos altos protegían de las lluvias tropicales, pero los pájaros y los lagartos paseaban libremente por las columnas.

El ambiente era opresivo, sofocante por la expectación.

A.J. Rahia era alto, de más de metro ochenta, y Lania apenas le llegaba por los hombros. Sus pasos pequeños, limitados por la longitud de su falda, hacían que tuviera que apresurarse para seguir su ritmo al caminar. Él se dio cuenta y se detuvo a esperarla.

Llevaba un traje oscuro de estilo americano con el que debía de estar pasando calor en aquella humedad tropical.

–¿Te apetece un refresco?

Lani bajó la mirada. Quería que lo interpretara como un gesto de cortesía.

–No, gracias. Escucha, no es nada personal. Estoy seguro de que eres una buena mujer. Tengo mi vida en Estados Unidos. Dirijo películas…

–Lo sé –lo interrumpió ella–. Tu madre está muy orgullosa. No se pierde ninguna de tus películas de la saga *El buscador de dragones*.

–¿Estás bromeando?

–En absoluto. El año pasado hizo montar una sala de proyección en el antiguo salón de banquetes.

–No tenía ni idea –dijo A.J. sorprendido.

–Es una gran fan. Le encanta el actor protagonista. Le parece muy guapo.

–¿Devi Anderson, guapo? –dijo A.J., y soltó una carcajada–. Nada podría sorprenderme más, excepto el tener que casarme contigo.

Lani tragó saliva y se atusó la melena, con la mirada fija en el suelo. ¿Debería disculparse por ser una carga? No, no era culpa suya.

Tal vez él no se lo tomara bien. Aunque no se parecía en nada a su hermano, eso no quería decir que no tuviera el mismo carácter retorcido.

–Lo siento, debería dejar de mencionarlo

–dijo él frunciendo el ceño, y se dio la vuelta–. Es solo que es tan… ridículo. Además, el martes tengo que estar de vuelta para una reunión con un inversor.

Una pequeña llama de esperanza prendió en el corazón de Lani. No parecía pensar en quedarse y casarse con ella. Era evidente que no lo deseaba. Debería sentirse ofendida, pero lo cierto era que se sentía aliviada.

Llegaron al porche que miraba hacia los bosques del valle de Haialia y se sentaron en unas butacas separadas por una mesa de madera tallada.

–¿Qué crees que le ha pasado a Vanu? –preguntó A.J. mirándola.

Ella se encogió ante su mirada inquisidora.

–Uno de los barcos desapareció del muelle de palacio. Era un pequeño yate con el que salía a navegar de vez en cuando. Hay quien dice que salió a navegar. Aquella noche había tormenta.

Lani tragó saliva. Su cabeza se llenó de imágenes de Vanu desapareciendo en la oscuridad del mar.

–Si había tormenta, el barco pudo soltarse. Ocurre a menudo. Además, el muelle del palacio no está bien resguardado –dijo A.J., y miró hacia el valle.

–Lo sé, pero la isla no es tan grande y lo han estado buscando durante semanas –repuso Lani, y se mordió el labio.

–¿Por qué saldría en mitad de la tormenta? –dijo A.J. clavando los ojos en ella.

Le ardían las mejillas. Nadie podía saber la verdad. Su matrimonio había sido un infierno y no quería que se supiera.

Se lo debía a su suegra, que la había recibido como a una hija y que adoraba a su primogénito.

—Creo que estaba inquieto, que no podía dormir —dijo fijando la vista en el horizonte—. Solía pasear por los jardines durante la noche. No dormía demasiado.

—Sí, de niño también le pasaba. A veces daba la impresión de que nunca dormía.

El extraño tono de voz de A.J. le hizo mirarlo. Tenía fruncido el ceño. Debía extrañar a Vanu, el hermano mayor al que nunca volvería a ver. Su rostro era atractivo, con mejillas marcadas y un hoyuelo en la barbilla. Su boca, ancha y agradable. Era muy diferente al semblante enjuto y huesudo de Vanu.

Se había casado con Vanu porque se había visto obligada a hacerlo. ¿Qué chica de pueblo, hija de una lavandera, rechazaría la oportunidad de convertirse en reina?

En aquel entonces, no había encontrado una buena respuesta.

—¿Cómo está mi madre? —preguntó A.J. ceñudo.

—Muy mal —contestó Lani retorciendo las manos—. Llora mucho y ella no es así.

—Es terrible perder a un hijo —comentó A.J., pasándose la mano por la boca—. Al menos te tiene a ti. Sé que te adora.

Lani sonrió.

—Es muy amable conmigo. Todo el mundo lo ha sido.

Bueno, excepto Vanu.

—Supongo que, si me marcho de vuelta a Los Ángeles, te convertirás en reina.

Lani dio un respingo en el asiento.

—¿Yo? No puedo. No soy de sangre azul.

—Puede que no seas de sangre azul, pero por si no te has dado cuenta, ya eres reina.

Un brillo divertido asomó a sus ojos.

—Técnicamente hablando sí, pero en realidad no. Soy tan solo una chica de pueblo.

—Pensé que habías nacido en Nueva Jersey —comentó A.J. alzando una ceja.

—Mis padres se divorciaron cuando tenía siete años y mi madre volvió a Rahiri.

La gente la había criticado por haber nacido en el extranjero y por el hecho de que fuera medio estadounidense.

—Pareces tener más educación que el promedio de las chicas de pueblo.

Su mirada penetrante le provocó un nudo en el estómago.

—Aquí tenemos buenos colegios. Tu padre se preocupó de que así fuera. Muchos de nuestros profesores disfrutaron de becas para estudiar en el extranjero y trajeron de vuelta sus conocimientos a Rahiri.

—Tu padre es profesor de universidad, ¿verdad?

–Sí, de Geología. Me animó a estudiar e iba a empezar Historia, pero tuve que dejarlo para convertirme en reina.

A Vanu no le gustaba verla con libros. Decía que una bonita cabeza debía estar completamente vacía.

–Deberías retomar los estudios. ¿Por qué no? –preguntó él, y se encogió de hombros–. Yo nunca tuve paciencia para estudiar. Me siento más cómodo en un plató.

–¿Eres feliz en Los Ángeles?

–Mucho. No echo de menos Rahiri.

–Tu madre te echa de menos.

–Lo sé y por eso va tanto con la excusa de ir de compras a Rodeo Drive –dijo sonriendo–. Me gusta que vaya a visitarme y creo que sus compras son las que mantienen a flote la economía de Estados Unidos.

–¿Es este tu primer viaje a Rahiri desde la boda?

–Sí. Quizá debería sentirme mal, pero lo cierto es que creo que no encajo aquí.

Se pasó la mano por su pelo negro y se acomodó en la butaca. Su cuerpo musculoso se adivinaba debajo del traje oscuro.

A Lani le sorprendía que no hubiera vuelto ni una vez de visita. ¿Y esperaban que se convirtiera en rey? Probablemente eso nunca pasaría, lo que significaba que iba a librarse de ser su esposa.

Respiró hondo. Cuanto antes se fuera, mejor.

–Aun así, esto es muy bonito –dijo él mirando

al horizonte, al cielo azul y dorado que asomaba tras las colinas del bosque tropical–. Se me había olvidado lo bonito que era.

La insistencia de su madre para convencerlo de que se quedara continuó durante los siguientes días.

–Cariño, aquí tienes unas estrellas de coco.

Después de tres días de funerales y comilonas, no estaba seguro de poder tragar nada más.

–No, gracias, mamá. ¿Te he contado ya que mi avión sale mañana a las seis de la mañana?

–¿Cómo? –dijo horrorizada–. No puedes irte. Apenas has tenido tiempo para conocer a Lani.

A.J. miró a su alrededor para asegurarse de que la mujer en cuestión no estuviera cerca.

–He pasado horas y horas con ella. Es un encanto.

–Y será una buena reina contigo como rey.

Su madre se cruzó de brazos y sus pulseras de oro tintinearon.

–No es posible.

–No solo es posible, es inevitable. Aunque una tragedia os ha unido, Lani y tú estáis destinados a estar juntos.

–Estoy destinado a empezar la postproducción de una película en tres semanas. Y después, si conseguimos la financiación necesaria, estaré ocupado con la quinta parte de *El buscador de dragones*.

Su madre sacudió una mano, haciendo sonar sus pulseras.

–¿Y eso qué más da? Rahiri solo hay uno y tú eres su dirigente.

–Cuentan conmigo en Hollywood. Hay mucho en juego.

–Precisamente, mis sentimientos –dijo ella inclinándose hacia delante–. Todos contamos contigo.

A.J. sintió tensión en la espalda. Nadie había contado allí con él para nada. No era el heredero ni el elegido y, de repente, todo había cambiado, aunque él seguía siendo la misma persona.

Su madre lo tomó del brazo.

–Aquí viene Lani. No le digas que te vas. No vas a irte.

A.J. se soltó.

–Claro que me iré. Pero seré amable con Lani hasta que me vaya.

Sonrió al ver entrar a la atractiva viuda en la habitación. Su vestido con bordados dorados brilló a la luz de las velas. Llevaba unos pendientes de oro y un rubí en el cuello. Parecía adornada para un sacrificio.

Se le encogió el estómago al pensar en lo dispuesta que parecía estar a seguir adelante con los estúpidos planes de su madre. ¿No tenía amor propio? ¿No tenía algo que decir sobre el futuro marido que le habían elegido?

–Hola, Lani.

–Hola, A.J.

Inclinó la cabeza deferente, lo que le molestó todavía más. Le gustaban las mujeres con carácter, con fuego.

–Ven conmigo.

Le ofreció el brazo y la acompañó fuera de la habitación, lejos de la mirada ansiosa de su madre.

Ignoró la punzada de calor que el roce con su piel le produjo. No era posible que se sintiera atraído por aquella mujer que acababa de dejar los brazos de otro hombre.

Salieron por una enorme puerta a un patio lleno de macetas con palmeras.

–Eres encantadora.

–Yo… yo…

–¿No puedes decir lo que piensas? –preguntó él, sorprendiéndola.

Ella lo miró con sus ojos de color miel. Parecía asustada.

–Lo siento –dijo, y se mordió el labio.

Una sensación de calor en la entrepierna enfureció a A.J. Solo porque fuera guapa no significaba que pudiera ser una buena esposa. Quizá se merecía que la casaran con un desconocido.

Una cortina de cabellos dorados cayó hacia delante cuando ella inclinó la cabeza. No tenía ningún interés en acariciar aquel pelo ni en sentirlo sobre su pecho mientras la oía jadear de deseo. Eso nunca pasaría.

Frunció el ceño y se dio media vuelta.

–Me voy mañana, así que puedes hacer lo que quieras, hermana.

–¿Cómo?

A.J. se giró para mirarla.

–Ya me has oído. Mi papel en esta farsa ha terminado. Tú y yo no tenemos nada en común y no tengo ninguna intención de que sacrifiquemos nuestras vidas para cumplir una tradición rahiriana. Voy a volver a mi vida.

Ella parpadeó. Se había quedado sin palabras. Aquello era una sorpresa.

–No te gusto –dijo sonrojándose.

Aquellas palabras lo hicieron sentirse culpable. Después de todo, ella no había hecho nada malo. Se había esforzado por comportarse como una dulce rahiriana. Era una lástima que no soportara a las dulces rahirianas.

El rubí brilló en la base de su cuello. Estaba engarzado en oro y probablemente lo habían llevado antes que ella muchos otros chivos expiatorios. Sintió lástima y desprecio hacia aquellas mujeres, dispuestas a entregar sus vidas al servicio de un hombre, a un país al que no le importaba si vivían o morían.

Se quedó mirándola y ladeó la cabeza.

–Eres muy… considerada.

–No, no lo soy –dijo precipitadamente–. Quiero decir que lo he intentado, pero…

Una vez más, se quedó sin palabras. El rubor de sus mejillas daba la equivocada impresión de que estaba excitada. Sus labios, abiertos para protestar, eran gruesos y sensuales. La expresión de sus ojos, centelleantes de miedo, podía ser fácil-

19

mente confundida con ansia. El deseo se desató en él como una tormenta tropical, mezclándose con la furia que le provocaba aquella situación.

Quería que aquella mujer reaccionara, aunque fuera solo por una vez. Quería oírle pronunciar palabras malsonantes, sufrir su ira e incluso sentir que su pequeña mano le abofeteaba. Quizá así no se sintiera tan culpable.

Seguro que tenía un lado oscuro. Todo el mundo lo tenía.

Dio un paso adelante, la tomó entre sus brazos y fundió su boca con la suya.

Por un instante, Lani se quedó de piedra. Él se preparó para su reacción.

Entonces, ella lo rodeó con los brazos y su cuerpo se amoldó al suyo. Sus labios se relajaron y los abrió, dando la bienvenida a su beso. Clavó los dedos en los músculos de su espalda y tiró de él hasta que sus senos quedaron oprimidos contra su pecho.

La sorpresa y la excitación lo embargaron. Lani le estaba devolviendo el beso y respiraba entre jadeos. Sus latidos se acompasaron a un ritmo febril. Un gemido escapó de la garganta de Lani al estrecharse contra ella. El deseo le provocó una feroz excitación.

Aquella no era la respuesta que esperaba.

Capítulo Dos

Él se apartó primero. La mano de Lani voló a sus labios, que se habían quedado fríos y desnudos. No quería abrir los ojos, pero se obligó a hacerlo. La mirada oscura de A.J. se clavó en ella.

¿Qué acababa de ocurrir?

Aunque había sido él el que había iniciado el beso, Lani tenía la impresión de que no había querido besarla.

Seguía sintiendo cosquillas en los labios. Sus pezones estaban presos bajo la tela del vestido. La mano con la que en ese instante se cubría la boca había estado hasta un momento antes aferrada a su traje, sujeta a sus fuertes músculos.

La vergüenza se apoderó de ella. Debía de haberla besado movido por un sentimiento de responsabilidad, para demostrar que podía desempeñar el papel que todo el mundo esperaba de él, le gustase o no.

Y ella había respondido de una manera que era todo menos diligente.

¿Se había vuelto loca? Tragó saliva. Sentía calor en el cuerpo, llevada por una desconocida sensación. Era incapaz de volver a mirar a A.J. No se había movido ni un centímetro desde que se había separado de ella. Había tenido que apartarla para evitar que se acercara más, que atrajera con tanta fuerza su cuerpo hacia el de ella. Y lo había hecho en el funeral de su propio marido.

Sí, debía de estar loca, no había otra explicación. ¿Debería disculparse? La ira se apoderó de ella. Le había robado el beso, así que él era el culpable de haber provocado lo que había pasado después.

Aun así, nadie habría esperado que respondiera con tanta… desesperación.

Le ardía la cara y levantó la mirada. A.J. se pasó una mano por su pelo negro y abrió la boca, pero no dijo nada. A punto estuvo de decirle que lo sentía, pero se tragó sus palabras. No les debía una disculpa ni a él ni a su difunto marido. Aquellos hombres poderosos tomaban lo que querían, sin pensar en aquellos de los que se aprovechaban. Por eso no quería volver a casarse, especialmente con otro Rahia.

Aquellos pensamientos traicioneros daban vueltas en su cabeza. Si A.J. supiera lo que estaba pensando…

Lani se alisó la falda y se dirigió a la puerta.

A.J. se quedó mirando a Lani hasta que su vestido dorado desapareció por el pasillo abovedado. No había dicho nada para detenerla puesto que no sabía qué decir. Si su madre se enteraba de que se habían besado con tanto ardor, estaría encantada. ¿O se escandalizaría de que hubiera ocurrido antes de que los funerales hubieran acabado?

Resopló. Había supuesto que gritaría y le abofetearía, que defendería su honor y lo odiaría.

Esa había sido su intención. De esa manera, Lani no querría que cumpliera con su deber de casarse con ella y él se libraría. Sin embargo, Lani parecía haber… disfrutado del beso.

Sacudió la cabeza, tratando de apartar aquel pensamiento. Tal vez había fingido. Como esposa de rey, especialmente como esposa de su hermano, debía de haber tenido que fingir placer muchas veces.

Aun así…

El modo en que sus dedos se habían clavado en su espalda, la manera en que su boca había tomado la suya… Incluso la había oído gemir antes de recobrar el sentido y apartarse.

Su traje apenas ocultaba la reacción que había provocado en su cuerpo. Le había subido diez grados la temperatura de la sangre y sentía el hormigueo del deseo en la punta de los dedos. Probablemente fuera el ansia de arrancarle aquel vestido dorado y hundirse en su carne.

Maldijo entre dientes. ¿Cómo podía pensar así de la esposa de su hermano? No había querido volver allí y aquel era un buen ejemplo de por qué. Llevaba una vida agradable y tranquila en Los Ángeles, conforme a los estándares de la ciudad, en donde cosas como aquella simplemente no ocurrían.

Aun así, había salido con muchas mujeres y nunca antes lo habían besado de aquella manera. La intriga se mezcló con el deseo, provocando que le hirviera la sangre. Había en Lani Rahia mucho más de lo que había esperado.

Aquella noche, A.J. se sentó separado por tres asientos de Lani en el banquete oficial en recuerdo de su hermano. Vestida de luto en azul, con un recargado collar de oro que probablemente pesaba más que ella, tenía todo el aspecto de una reina viuda.

Intentó escuchar lo que decía, pero apenas hablaba, tan solo participaba en la conversación cuando era necesario. La miró y vio que apretaba los labios.

Antes de que llegara el postre, A.J. estaba decidido a acorralar a Lani para preguntarle qué había pasado aquella tarde. Pero su plan se desbarató cuando la vio desaparecer durante el primer plato. Se produjo cierta confusión y un criado la acompañó a su habitación.

Se giró hacia su madre, sentada en diagonal al otro lado de la mesa.

—¿Qué está pasando? ¿Adónde ha ido Lani?

Ella se limpió los labios con la servilleta.

—No se encuentra bien. La pobre Lani lleva muy mal la muerte de Vanu. Desde su desaparición, no hace más que meterse en la cama —dijo, y puso una mano en el brazo de su hijo—. Me alegro de que te preocupe. Es una muchacha encantadora.

A.J. carraspeó.

–Estoy seguro de que lo es.

–Tal vez deberías ir a ver cómo está cuando termine la cena –dijo sonriendo–. Solo para comprobar que está bien.

–Eso haré.

¿Habría sido el dolor lo que le había provocado su inesperada reacción? Se revolvió ante la idea de que lo hubiera confundido con su difunto hermano. ¿Tendría algo que ver su marcha de la cena con el inesperado y apasionado beso que habían compartido?

Fuera como fuese, quería saber más.

Lani cerró de un portazo la puerta de su habitación y se apoyó en ella. Era difícil encontrar un momento para estar sola en el palacio. Sintió náuseas y se preparó para soportarlo. ¿Sería la culpabilidad lo que hacía que aquel malestar la atormentara día y noche o sería algo más?

Esperó a escuchar pisadas. No había ningún ruido, salvo el de los insectos que estaban fuera en el jardín. Era el momento perfecto. Todos en el palacio estaban cenando en el banquete o atendiendo a los comensales. Incluso su suegra, que velaba por ella día y noche, no abandonaría a sus invitados hasta que la cena terminara.

Lani cruzó la habitación y encendió la luz del

baño. El mármol de veta dorada y los grifos de oro que Vanu había hecho instalar resplandecieron. Todavía le costaba creer que no volvería a verlo en aquella habitación ni a escuchar sus insoportables exigencias.

Un sentimiento de culpabilidad se apoderó de ella. No debería pensar así de un muerto.

Entró en el pequeño vestidor donde guardaba sus objetos personales. Sabía que allí nadie la molestaría.

Contuvo el aliento mientras buscaba en la caja el paquete. Sus dedos temblaron de miedo al rozar la cubierta de plástico. Miró por encima de su hombro al sacarlo, abrió el paquete y buscó las instrucciones en el interior.

Volvió a sentir náuseas y la vista se le nubló. Se apoyó en la pared, clavando las uñas en la piedra labrada. Respiró hondo. Lo mejor sería terminar con aquello cuanto antes, así que leyó el paquete:

Introducir la tira en el flujo de orina y colocarla en una superficie plana. Signo de más, resultado positivo. Signo de menos, resultado negativo.

Con un nudo en el estómago, siguió las instrucciones. Luego empezó a dar vueltas por el gran cuarto de baño a la espera del resultado. Era curioso lo mucho que había deseado tener un hijo nada más casarse, lo mucho que había soñado con tener un hijo o hija en brazos al que cubrir de besos y sonrisas.

Luego, después de descubrir que Vanu no tenía corazón, había rezado para no quedarse embarazada, para que ningún niño tuviera que crecer con un padre como él.

Había sido fácil: Vanu apenas la tocaba. Parecía rehuir su cuerpo, su femineidad. No habían compartido intimidad durante al menos dos años hasta aquella última noche en la que le había contado lo que pensaba de él y la había tomado por la fuerza.

Los ojos se le llenaron de lágrimas y se las secó con el dorso de la mano. El cartucho ya debía mostrar el resultado, pero no se atrevía a mirar. Si el resultado era negativo, había cumplido con su deber de consorte real y quizá incluso pudiera volver a mezclarse con la gente normal. Si no, sería la madre del futuro rey, una obligación a la que se vería atada por el resto de su vida.

Al principio, no se le había ocurrido que pudiera estar embarazada. Vanu solía reprocharle su infertilidad y su incapacidad de darle un heredero. Le producía placer burlarse de ella con aquello, a pesar de que la concepción era imposible ya que nunca tenían sexo. Casi había empezado a creer sus mentiras.

Después de que desapareciera, había comenzado a encontrarse mal. Al principio había creído que se debía a un sentimiento de culpabilidad. Si no se hubiera enfrentado a él, no habría salido a navegar de noche. No le había contado a nadie que se sentía responsable de su desaparición.

Con el transcurso de las semanas, a aquel malestar le habían acompañado otros síntomas: cambios de humor, sensibilidad en los senos y un ligero ensanchamiento de la cintura. Nadie más se había dado cuenta, pero ya no pensaba que era esa culpabilidad y mucho menos tristeza, como algunos podían creer.

Tomó la muestra. En el visor había una cruz rosa.

Estaba embarazada del hijo de Vanu. Se apoyó en la pared y empezó a respirar con dificultad.

Unos golpes en la puerta la sobresaltaron. Tiró el cartucho a una montaña de toallas y se secó las lágrimas de los ojos.

–¿Quién es?

–A.J.

–No me encuentro bien.

–Lo sé, por eso he venido.

–Gracias, pero se me pasará.

–Déjame entrar, por favor. Será solo un momento.

Lani se quedó pensativa. Además de director en Hollywood, también era el primero en la línea de sucesión al trono rahiriano. No podía ignorarlo.

Se miró al espejo y trató de recomponerse. Se pellizcó las mejillas para recobrar el color, se pasó un mechón de pelo detrás de la oreja y se apresuró a abrir la puerta.

***

A.J. esperó al otro lado de la puerta, dando golpes con el pie en el suelo de piedra. Si Lani no se encontraba bien, no querría visitas, especialmente la suya. Bastante incómodo le resultaba ser su supuesto futuro marido. Además, con lo que había ocurrido antes, la situación se había vuelto más complicada. Si le hubiera dado una bofetada, todo habría ido como la seda, pero ahora...

Aun así, necesitaba verla o no podría dormir.

La puerta se abrió, dejando ver parte del bello rostro de Lani.

–¿Has estado llorando?

Ella sacudió la cabeza, mientras apretaba los labios.

–Tienes derecho. Te acabas de quedar viuda –añadió A.J.

–Ya –dijo ella y las lágrimas asomaron a sus ojos–. Lo siento, ha sido una semana muy ajetreada con tantas ceremonias.

–Debes de estar exhausta. He venido a disculparme por haberte besado.

A.J. se irguió. No había ido a disculparse, pero al ver su rostro lleno de lágrimas, se había sentido incómodo. Incluso en aquel momento estaba muy guapa, con su melena dorada cayéndole sobre los hombros.

Maldijo la reacción que le provocaba. ¿Era aquella la manera de comportarse con una viuda, aunque tuviera que casarse con ella?

–Te agradezco las disculpas –susurró ella–. Sé que no hace falta que te disculpes porque se supone que voy a casarme contigo, pero me pilló por sorpresa.

—A mí también me ha pillado por sorpresa —dijo evitando sonreír—. No esperaba una respuesta tan entusiasta.

Ella se sonrojó.

—No sé lo que pasó. Últimamente, he pasado por mucho. Demasiadas emociones…

Se le entrecortó la voz y cerró los párpados para ocultar sus ojos.

A.J. le acarició el brazo; no era fácil teniendo en cuenta lo poco que había abierto la puerta.

—Escucha: nada de rencores. Hablaba en serio acerca de marcharme, así que no tienes que preocuparte de que quiera meterme en la cama de Vanu. De hecho, creo que lo que pretendía al besarte era que te enfadaras conmigo. Lo siento.

—Nada de rencores.

—Eres una encantadora rahiriana.

—A veces tengo dudas.

Ella lo miró y, por un segundo, a A.J. le pareció advertir un brillo travieso en sus ojos. Tuvo que controlarse para no inclinarse y volver a besarla.

—¿Estás enferma? —preguntó, recordando el motivo que lo había llevado allí.

—Lo cierto es que no.

Una extraña expresión afloró en su rostro. Parecía miedo.

—Me pondré bien —añadió mirando por detrás de él, como si esperase ver algo aterrador en el pasillo–. Tengo que descansar –dijo, dispuesta a cerrar la puerta.

–¿Quieres algo de la cocina?

No quería marcharse todavía.

–No tengo hambre.

–¿Una copa de vino? Tal vez eso te ayude a relajarte.

–No, gracias.

–¿Quieres hablar? Sé que a veces es difícil formar parte de una familia real. Tienes que guardar las formas en todo momento y no puedes relajarte –dijo él contemplando su impresionante melena–. Y tienes mucho pelo.

Por un segundo pareció que fuera a sonreír, pero enseguida volvió a mirar por encima del hombro de A.J.

Esa vez él se giró para ver si había algo que mirar.

–No hay nadie aquí. Estamos solos, aunque no sé si eso te reconforta –comentó sonriendo.

Tenía la extraña sensación de que Lani quería decir algo.

–Ha sido muy amable de tu parte venir a ver cómo estaba. Me pondré bien. Ha sido un día muy largo. Te pido que me perdones por mi respuesta a ese beso. No sé qué me pasó.

Las lágrimas se habían secado y sus ojos volvían a brillar, aunque con tristeza.

–No hacen falta disculpas.

Sonrió y una extraña sensación se apoderó de él. Otra vez deseaba besarla. Su piel, brillante a la

31

luz de la lámpara, parecía muy suave. Podía percibir su olor por el estrecho hueco de la puerta. Su mirada parecía estar pidiéndole ayuda.

Sus labios se encontraron con los de ella, pero esa vez fue ella la que se apartó y cerró la puerta. Su frente se chocó con la madera y dio un paso atrás en el pasillo. Sus labios seguían ardiendo tras aquel breve, pero intenso roce.

–Idiota –se dijo en voz alta.

¿En qué estaba pensando? Aun así, ¿era necesario que cerrara la puerta de aquella manera?

Miró a su alrededor, satisfecho de que el pasillo siguiera vacío. ¿Qué tenía aquella mujer que lo hacía comportarse de aquella manera?

Lani volvió al cuarto de baño y cerró la puerta con llave. Había sido el único sitio en el que se había podido esconder de Vanu y de su crueldad.

Qué curioso, a la vez que terrible, tener que esconderse ahora de su hermano. Porque eso era lo que estaba haciendo, ¿no?

Sintió un cosquilleo en el estómago. Sus labios habían rozado los suyos durante un breve instante, pero parecía haberlos marcado a fuego. Si no se hubiera dado prisa en cerrar la puerta, se habría lanzado a sus brazos.

Lo cual quería decir que sí, que se estaba escondiendo de él. Y también de su suegra. Tenía que contarle enseguida lo de su embarazo, antes de que fuera evidente.

Había sentido una extraña y desesperada necesidad de contarle a A.J. todo, cuando le había preguntado si quería hablar. Daría cualquier cosa por poder confiarse a alguien. Necesitaba el consuelo de unos brazos fuertes que solo pretendieran reconfortarla.

Lani se estremeció. Había pasado por mucho en los últimos años. Aunque Vanu apenas la había tocado, la había agredido con sus palabras. Su hermano era muy diferente. Aunque era famoso por ser un playboy, A.J. parecía atento, cálido y de trato agradable. ¿Qué se sentiría con alguien así?

Nunca lo sabría. No iba a quedarse. Tenía una vida a la que volver. Para él, Rahiri era un pedazo de tierra en mitad del Pacífico. Ya no era su casa.

Por un instante envidió su libertad. Debía de haber tenido mucho aplomo para alejarse de la familia real en la que había nacido.

Durante las últimas semanas, ella misma había soñado con llevar una vida normal, con volver incluso a Nueva Jersey a visitar a su padre y a sus dos hermanastras adolescentes. Suspiró. Después del descubrimiento de aquella noche, eso nunca pasaría.

Se agachó y sacó la prueba de embarazo del escondite. Sí, la pequeña cruz rosa seguía allí marcando su futuro como madre del nuevo miembro de la dinastía real rahiriana.

***

A la mañana siguiente, después de una noche en blanco, Lani se acercó a su suegra en el desayuno y le preguntó si podían hablar a solas.

–Lani, tienes muy mal aspecto –dijo Priia Rahia tomando el rostro de su nuera entre las manos–. Todos te queremos, pero debes cuidarte. Cómete unos huevos y un poco de papaya. Y por supuesto que tenemos que hablar –añadió con una sonrisa.

A pesar de lo mucho que quería a su suegra, Lani podía adivinar sus pensamientos por su expresión. Probablemente se imaginaba que sería una conversación privada sobre su futura relación con A.J., algo muy diferente a su verdadero propósito.

Tal vez algo en su actitud hizo que Priia se diera cuenta de que la situación era seria.

–Ven conmigo ahora mismo. Tráete el desayuno a mi despacho.

La mujer tomó a Lani por el brazo, dejando a los camareros de piedra.

–Traigan té –les pidió.

Avanzando por el pasillo, su suegra tenía el mismo aspecto decidido y fresco de siempre, con su pelo corto y negro y su vestido tradicional. Proyectaba un aura de calma y calidez que Lani siempre había admirado en los últimos años, a pesar de que se había visto afectada por la desaparición de Vanu y su presunta muerte.

Cuando llegaron al santuario del ala este de la casa, Lani había empezado a temblar. El sol de la mañana se filtraba por las ventanas, iluminando la colección de pájaros disecados de su suegra y los tradicionales bordados que hacía en los cojines.

–Toma asiento –dijo Priia señalándole una butaca rosa–. Asegúrate de comer bien. Estás muy pálida últimamente. ¿Te sientes mejor?

Lani tragó saliva.

–Un poco –dijo bajando la mirada al contenido de su plato–. Realmente no estoy enferma. No me sentía bien porque…

Priia ladeó la cabeza y sonrió.

–¿Por qué, querida?

–Estoy embarazada –dijo Lani y suspiró.

–¿Te he oído bien? –preguntó Priia abriendo los ojos como platos–. ¿Estás esperando un hijo?

Lani asintió con la cabeza, incapaz de pronunciar palabra.

–Eso creo. Al principio, pensé que era la tensión tras la desaparición de Vanu, pero ahora estoy segura de que…

–Un bebé. ¡Es maravilloso!

Priia entrelazó las manos con las de ella y esbozó una amplia sonrisa.

–Sí –susurró Lani.

–Un rayo de luz en estas horas tan bajas –dijo Priia poniéndose de pie y paseando por la habitación–. ¡Un milagro!

A Lani no se lo parecía y eso aumentó su sentimiento de culpabilidad. Debería estar contenta. Un bebé era siempre motivo de celebración en Rahiri.

A menos que fuera el hijo de un marido odiado.

–Tenemos que celebrarlo. Daremos una gran fiesta. Qué manera tan maravillosa de dejar atrás estos tristes días de funerales. ¡Un bebé! El hijo de Vanu se criará aquí en palacio.

Lani se mordió el labio. Le preocupaba que aquella inocente criatura se pareciera a Vanu. Todos los demás miembros de la familia real eran atentos y amables, incluyendo su suegro, que había fallecido antes de que se fuera a vivir allí.

–Tengo que empezar a bordar ropa de bebé. Me pregunto si tendrá el color de tu pelo, o si será una niña. Es pronto para saberlo –dijo, y frunciendo el ceño, tomó a Lani por los brazos–. ¿De cuánto estás?

–No estoy segura. De pocas semanas. Apenas se aprecia.

No quería decirle que probablemente la fecha de la concepción había sido la noche de la desaparición de Vanu.

–Oh, déjame que te vea.

Priia apartó el plato que Lani tenía en el regazo y la hizo levantarse. Luego, le acarició el vientre.

–No se siente nada todavía. A mí tardó tiempo en notárseme con mis hijos.

Su sonrisa era casi contagiosa y Lani se esforzó en mostrarse contenta, pero el labio comenzó a temblarle.

–Estás preocupada, ¿verdad? ¿Tienes miedo? –preguntó Priia abrazándola–. Sé que no es fácil tener un hijo estando viuda. Esa criatura te trae recuerdos del hombre que has perdido.

Lani bajó la mirada. Sus palabras eran dolorosamente ciertas.

–Pero piensa en ello como una oportunidad maravillosa de que siga vivo a través de su hijo.

«¡Ni hablar!», pensó Lani, tratando de controlar sus sentimientos.

–Claro que esto complica las cosas para A.J. –continuó Priia–. No es fácil para un hombre criar al hijo de otro, aunque sea el de su hermano.

–Creo que A.J. no quiere casarse conmigo –dijo Lani rápidamente.

–No te lo tomes como algo personal. Está algo perdido con sus asuntos de Hollywood. Ya se dará cuenta de que su deber está aquí con nosotros, en Rahiri –dijo, y se puso muy seria–. ¡Oh, Dios mío!

–¿Qué?

Lani se asustó al ver la expresión de alarma en los ojos oscuros de Priia.

–Según nuestras leyes de sucesión, el bebé es el siguiente en la línea de sucesión al trono –dijo mirando a Lani.

–Así que A.J. no hereda el trono.

–No si Vanu tiene un hijo –declaró Priia y se quedó mirando por la ventana hacia el bosque–. Vaya, con lo mucho que deseaba que A.J. volviera a casa. De niño era muy inquieto, siempre celoso de Vanu y deseando marcharse. Estoy segura de que ahora de adulto ha cambiado. Faltando mi marido y mi hijo mayor, me gustaría que se quedara con nosotros. Y estoy convencida de que será un buen marido para ti.

Lani permaneció callada. El recuerdo del roce de sus labios la asaltó, provocando que sus mejillas se sonrojaran. No tenía ni idea de qué clase de marido sería A.J. y prefería no descubrirlo. Con Vanu ya había tenido bastante marido para toda la vida.

—No digas nada, no cuentes lo del bebé.

—¿A A.J.?

—A nadie —dijo Priia tomando a Lani por las muñecas—. Que nadie se entere hasta que te hayas casado con A.J. Entonces, pueden pensar que es suyo.

—Pero estoy embarazada de casi dos meses.

—Puedes decir que ha sido prematuro. Nadie se enterará.

—¿Ni siquiera A.J.?

—Es mejor dejar que piense que el bebé es suyo —dijo mirando a Lani directamente a los ojos—. A veces los hombres son más felices si guardamos algunos secretos. Es parte de nuestra labor como mujeres para que el mundo siga funcionando.

Lani sintió un sudor frío por la espalda.

—No me gustan las mentiras. ¿Y si A.J. no quiere casarse conmigo?

Priia esbozó una tensa sonrisa.

—Lo hará.

Capítulo Tres

A la mañana siguiente, el avión de A.J. despegó hacia Los Ángeles a las seis en punto, pero él no iba a bordo.

–Gracias, cariño. No sabes lo mucho que significa para mí tenerte aquí. No podría soportar la muerte de un hijo si no tuviera otro.

En el rostro de su madre se mezclaban sonrisas y lágrimas.

A.J. no acababa de entender la lógica de su madre, pero asintió. Al parecer, era incapaz de resistirse a los ruegos y sollozos femeninos. Con un poco de suerte, en unos días su madre estaría más tranquila y podría escapar.

–Toma un poco de papaya, cariño –dijo ofreciéndole una bandeja llena de fruta.

A A.J. se le encogió el estómago.

–No tengo hambre.

La brillante luz del sol que bañaba el desayunador contrastaba con su estado de ánimo. Lani estaba desayunando al otro lado de la gran mesa y fijó su mirada en ella. Aquella mujer le aturdía y no quería que más cosas extrañas le ocurrieran. Ya era suficiente con que le dieran con la puerta en las narices en mitad de un beso.

Su madre juntó las manos, haciendo sonar sus brazaletes.

–Vamos a organizar una fiesta.

Lani levantó la cabeza y A.J. reparó en que abría los ojos como platos, alarmada.

–¿No es un momento extraño para una fiesta? –preguntó A.J. y se reclinó en su silla–. Sobre todo tras los funerales. Lani debe de estar agotada.

Lani evitó mirarlo y fijó los ojos en su taza.

–Creo que es importante mostrar a la gente que esto no es el final de los Rahia, sino un nuevo comienzo.

Su madre había sustituido las lágrimas por una sonrisa.

A.J. tuvo una corazonada. Tenía la sospecha de que jugaba un papel importante en aquel nuevo comienzo.

–No puedo quedarme mucho, mamá. Tengo reuniones para preparar mi nueva película.

–Puedes hacerlas por videoconferencia desde el salón del trono.

–No es lo mismo.

No quería acercarse a aquel maldito salón. Realmente había un trono en aquella estancia, una pieza imposible de roca volcánica con unas misteriosas marcas, y tenía la incómoda sensación de que si no tenía cuidado podía acabar en él.

–Claro que sí. Lani y yo podemos ser tus asistentes, ¿verdad, querida? –dijo dirigiendo una sonrisa luminosa a Lani.

–Ah, sí. Me gustan tus películas.

Su voz era tan neutral como su expresión.

–¿Qué prefieres, la violencia o el sexo?

–Tampoco hay tanto de ninguno de los dos –contestó ladeando la cabeza y haciendo caer su melena castaña sobre el hombro–. Lo que hace que tus películas sean tan buenas es que usas el suspense y la expectación para mantener la atención de los espectadores.

A.J. se quedó boquiabierto unos segundos.

–Así que sí las has visto.

–Por eso instalamos la sala de proyecciones, querido –intervino su madre.

Los ojos de Lani centellearon. Era evidente que estaba encantada de haberle sorprendido. Su brillante mirada lo hizo estremecerse.

Estupendo. Justo lo que necesitaba.

–Somos tus mejores fans –dijo su madre dándole una palmadita en la mano–. Daremos la fiesta el sábado.

–¿Cómo puedes organizarla tan rápido?

–Es fácil, querido. Nadie rechaza una invitación de palacio y tenemos el personal con más talento y creatividad del Pacífico.

–Eres un caso, mamá. Si una fiesta va a hacerte sentir mejor, adelante, hagámosla.

–¿Estarás?

–Estaré –dijo sin ocultar una nota de resignación en su voz–. Pero no me pidas que dé un discurso.

–¿Por qué no elegís vosotros las flores? Decoraremos con ellas el salón de baile.

A.J. arqueó una ceja. ¿Ir a elegir flores? Evidentemente, su madre no sabía cómo obligarlos a estar juntos.

–Estoy seguro de que las flores prefieren quedarse en el jardín.

–Tonterías. Florecen mejor si de vez en cuando las cortas, ¿verdad, Lani?

Lani sonrió.

–Algunas, sí. Iré a por unas tijeras y unos jarrones –dijo Lani sin mirar a A.J.

Su madre sonrió.

–Cuida bien de Lani. No dejes que se canse.

A.J. miró a Lani, que de nuevo tenía la mirada perdida. No había ninguna duda de que conocía muy bien sus límites. Su madre probablemente se imaginaba que la tomaría en brazos para subir colinas y cruzar charcos. Por suerte, Lani no esperaría eso de él, ya que no tenía ninguna intención de acercarse a ella a menos de dos metros. Era peligrosa.

Salieron al jardín. Lani se metió un par de tijeras en el bolsillo del vestido, mientras que A.J. cargaba con un par de jarrones. Había llovido por la noche, como era habitual, y las hojas estaban cubiertas de gotas de lluvia. Una golondrina voló sobre ellos, mientras se dirigían por un estrecho camino de piedra hacia el bosque de orquídeas. Lani se había quitado las sandalias y caminaba descalza, según la costumbre rahiriana. A.J. se arrepintió enseguida de haberse puesto zapatillas de lona.

–Se me había olvidado la humedad que hace aquí.

–Por eso lo llaman bosque tropical –dijo ella mirándolo con descaro.

El extraño color dorado de sus ojos le obligó a apartar la mirada.

–Prefiero el clima de Los Ángeles, un agradable desierto seco.

–Con una capa de polución como decoración.

Lani tomó la delantera, hundiendo los pies en las piedras musgosas.

–Cierto. ¿Quién necesita ver todas esas montañas? Mira, ahí hay una flor.

Un delicado capullo asomaba del tronco de un árbol.

–Es preciosa –dijo Lani acercándose–. Es una orquídea que solo florece cada cuatro años. Creo que deberíamos dejar que disfrute de su momento de gloria en este sitio tan bonito. No creo que sea feliz en un salón de baile.

A.J. resopló.

–No creo que nadie sea feliz en ese salón, aunque pretendan serlo. ¿Por qué se le da tan bien a mi madre conseguir lo que quiere?

–Pone mucha energía en todo lo que hace. Y es una persona encantadora.

–Sí, disfruta saliéndose con la suya.

–Siempre me ha tratado como a una hija.

–Eres su hija, al menos ante la ley.

–Mi madre lleva una lavandería y mi padre es estadounidense. No pertenezco a la aristocracia rahiriana. Podía haberme tratado de una manera muy diferente.

A.J. se encogió de hombros.

–¿Y? El esnobismo no es una característica rahiriana. Seguramente eres más consciente de ello después de los años que pasaste en Estados Unidos. ¿No te resultó difícil mudarte aquí después de haber vivido en Nueva Jersey? Debió de ser un gran cambio de vida.

Ella se rio.

–Eché de menos mi bicicleta. Y a mi amiga Kathy. Me encantaban las playas –dijo, y se colocó un mechón de pelo detrás de la oreja–. Y, por supuesto, eché de menos a mi padre.

–¿Se divorciaron?

–Sí. Mi madre nunca se acostumbró a la vida allí. Se negó a aprender a conducir y no le gustaban las tiendas masificadas, así que solía comprar en la tienda de la esquina. Tampoco le gustaba la ropa estadounidense ni cortarse el pelo. Al principio a mi padre le pareció tierno, pero después de unos años se cansó de esas tradiciones e insistió para que se adaptara.

–Pero no se adaptó.

–No era posible. Era muy reservada. Probablemente se casó con él porque era demasiado tímida para decirle que no.

Lani se agachó a oler una pequeña azucena blanca al pie de un árbol.

–O perdió la cabeza por él.

–Probablemente eso también –dijo ella avanzando por un pequeño pasaje entre la maleza–. Pero después de ocho años mi padre se cansó y la mandó de vuelta a casa.

–¿Te hizo Vanu perder la cabeza?

–Vanu me vio un día en el mercado. Le gusté y tu madre averiguó quién era y me invitó a palacio. Todo fue muy formal. Un criado llevó la proposición de matrimonio a mi casa.

–No suena muy romántico.

A.J. observó su figura esbelta, moviéndose con delicadeza por el bosque.

–En absoluto. En aquel momento ni lo conocía. Solo habíamos conversado cinco minutos.

–Entonces, ¿por qué accediste a casarte con él?

Lani se encogió de hombros.

–Todo el mundo decía que tenía que hacerlo. Lo cierto es que no me planteé rechazarlo. Mi madre nunca me lo hubiera perdonado. Habría pasado el resto de mi vida en la lavandería, soportando su mirada –dijo, e hizo una mueca.

–Sé a lo que te refieres. Bueno, estate tranquila esta vez. Ni siquiera mi madre puede obligarnos a casarnos.

Ella se quedó inmóvil un instante antes de seguir andando. Durante un momento, se rodeó con los brazos como si tuviera frío, algo imposible, puesto que estaban a treinta grados a la sombra.

–¿Te he ofendido?

A.J. arrancó una hoja de un arbusto cercano y la estrujó entre los dedos.

–En absoluto. Admiro tu espíritu independiente –contestó ella.

–Tú también puedes tenerlo.

Lani permaneció en silencio unos instantes.

–No, no podría fallarle a tu madre. Ha sido muy buena conmigo. Está muy sola desde que tu padre murió. Lo echa mucho de menos. Y ahora, con la pérdida de Vanu…

–Tiene suerte de tenerte, Lani.

–Nos ha pedido que busquemos flores, así que será mejor que nos pongamos a trabajar.

Su mirada despertó un intenso ardor en su interior. No, no significaba nada. Era una mujer muy guapa y cualquiera se sentiría atraído por ella. Atractiva, con ojos almendrados enmarcados por largas pestañas, nariz respingona, labios sensuales y aquella larga melena dorada cayéndole sobre los hombros… Si no fuera su cuñada, intentaría convencerla para que hiciera una película.

–Será mejor que cortemos unas cuantas. Ve tú delante.

La siguió hasta una gran explanada rodeada de hibiscos amarillos en flor y luego bajaron una pequeña colina hasta una playa cercana. Se olía el océano en el ambiente.

–Estas son mis favoritas –dijo ella señalando unas petunias blancas, desperdigadas como confeti a sus pies.

A.J. contempló el océano rahiriano por primera vez en años. De un intenso color turquesa, se extendía hasta el horizonte en el que se distinguía la cercana isla de Naluua.

–Maldita sea.

Lani levantó la vista.

–¿Qué ocurre?

–Se me había olvidado la fuerza del mar.

Una nota de humor asomó a los ojos dorados de Lani.

–Dicen que el océano en California es impresionante.

–No como aquí.

A.J. se quitó las zapatillas de lona y caminó por la arena blanca.

–Además, el nuestro siempre está templado –añadió.

La playa no era ancha. En apenas veinte pasos llegó al agua y una suave ola cubrió de espuma sus pies.

–Ah, qué placer.

Lani se rio y aquel sonido lo emocionó. La miró y disfrutó de la calidez de su sonrisa. Le agradaba verla feliz, aunque fuera solo por unos segundos.

–Venga, ven –dijo él ofreciéndole su mano.

Al instante se arrepintió de aquel gesto. Tocarla no era una buena idea. Le cosquilleó la piel y el vello se le erizó ante la perspectiva.

Probablemente, ella pensó lo mismo y por eso se acercó al agua para mojarse los pies a unos tres metros de él.

–Hace tiempo que no hago esto. Cuando vives

aquí, das por sentado que siempre tienes cerca el mar.

–Supongo que hay que estar lejos una temporada para valorarlo –dijo él sintiendo el sol en la cara mientras los talones se le hundían en la suavidad de la arena–. Vanu y yo solíamos pasar horas aquí, buscando toda clase de caracolas e insectos. Es un sitio fabuloso para que crezcan los niños.

La sonrisa de Lani desapareció. A.J. frunció el ceño. No debería haber mencionado a Vanu. Era evidente que lo echaba de menos. Tal vez su Vanu fuera muy diferente al que él recordaba. Los hermanos solían tener relaciones enfrentadas.

Ignoró la sensación de repulsa que le producía imaginársela en los brazos de Vanu. Aquello era una locura, puesto que era la esposa de Vanu. ¿Cómo podía sentirse celoso por una mujer que ni tenía ni deseaba?

El viento empujó el pelo de Lani hacia un lado, haciendo destacar su perfil. Bueno, tal vez sí la deseara, pero no era lo más apropiado dadas las circunstancias. No era una joven actriz a la búsqueda de un papel y de algo de acción.

Quizá eso fuera parte de su encanto. Al menos con Lani sabía que no tenía ningún interés en conseguir un papel en una de sus películas. Últimamente sospechaba que todas las mujeres tenían motivos ocultos para querer salir con él. Eso era lo que le ocurría en Los Ángeles. Todo el mundo parecía tener intenciones oscuras.

Tal vez Lani también, pero no las había descubierto todavía.

Lani miró de reojo a A.J. Con la cabeza erguida mientras contemplaba el horizonte, se parecía mucho a las esculturas de los antiguos rahirianos. Le resultaba curioso porque hasta entonces lo había considerado como el clásico playboy de Hollywood. Con su oscuro pelo peinado hacia atrás, su amplia y pícara sonrisa y sus labios sensuales las mujeres debían de perseguirle por Los Ángeles. Pero en ese momento, bajo el intenso reflejo del sol en el océano, lo único que veía eran las facciones clásicas de su rostro y el cuerpo poderoso de un antiguo guerrero.

Lani suspiró. ¿Tenían algún sentido aquellos pensamientos?

Tal vez, puesto que Priia esperaba que lo convenciera para que se casara con ella. Para eso, lo mejor era que lo encontrara atractivo. Una sensación de culpabilidad se apoderó de ella. Se suponía que tenía que conseguir que se casara con ella para que el bebé pasara como suyo. Si lo hacía, ¿podría vivir con esa farsa?

Recordó el comentario que había hecho de que era un buen sitio para criar hijos y trató de imaginarse a Vanu de niño, pero no pudo. La inocencia y la curiosidad de la infancia no parecían compatibles con el cinismo de Vanu.

–¿Por qué te fuiste de Rahiri?

Era una pregunta demasiado directa, pero quería saberlo.

A.J. se quedó mirando el horizonte con el ceño fruncido.

–Era demasiado pequeño para mí.

–¿Querías vivir en un sitio más animado?

Lani hundió los pies en la arena. Si finalmente acababa casándose con ella, se aburriría en menos de una semana.

–Sí. Quería un sitio en el que pudiera hacer lo que realmente quería. Aquí, toda mi vida estaba planificada al ser el hermano del futuro rey. Yo quería más.

–¿Y lo encontraste?

Su vida en Los Ángeles debía de ser divertida, excitante. Rahiri era un lugar agradable, pero demasiado tranquilo. Con razón lo encontraba aburrido.

–Sí –respondió con firmeza, y se giró para mirarla–. Fui a la universidad, descubrí el cine y el resto es historia. Me gusta cómo vivo –añadió curvando las comisuras de los labios.

¿Cómo podía esperar su madre que dejara la vida que tanto le gustaba y volviera a una existencia planificada? Una sensación de frío se mezcló con la culpabilidad que la atormentaba. No quería arruinar la vida de A.J.

–¿Te costó marcharte?

–En absoluto –contestó él con sinceridad–. Vanu era el futuro rey y yo el hermano pequeño. Fui muy rebelde en la adolescencia. Creo que

50

todo el mundo suspiró de alivio cuando me subí a ese avión rumbo a Los Ángeles.

–Tu madre te echaba de menos.

–Y yo a ella, pero eso no quiere decir que hubiera sido mejor que me quedara. ¿No se supone que deberíamos estar buscando flores para ella?

–Sí –dijo Lani mirando la vegetación que llegaba hasta la playa–. Sinceramente, odio cortar flores. Son mucho más bonitas unidas a sus raíces.

–Entonces, no nos llevaremos ninguna. Déjame que lo adivine: crees que sería más feliz aquí, cerca de mis raíces.

Lani se quedó de piedra. A.J. había hecho el comentario como quien no quería la cosa, mirando al mar e incluso apartándose unos pasos de ella.

¿Debería contestar como su suegra quería, diciendo que sería feliz junto a su familia ayudando a la gente de Rahiri?

Era incapaz.

–No lo sé. Si estás a gusto con la vida que llevas, sería una lástima dejarla.

El suave oleaje del océano llenó el silencio que se hizo entre ellos. Él aminoró la marcha y ella lo alcanzó. Sus anchos hombros revelaban tensión.

–¿Tienes sentido del deber hacia Rahiri? –preguntó ella, observándolo con atención.

Aquella pregunta tenía sentido. El hijo de un rey nacía a una vida de entrega, aunque fuera el hijo menor. No le iría mal que se lo recordaran.

A.J. se giró para mirarla.

–Antes no. Me alegraba de que Vanu tuviera que ocuparse de todo eso. Aquí no había sitio para los dos. Ahora que se ha ido… –dijo, y se giró para mirar hacia la playa–. No lo sé. Es una lástima que Vanu y tú no tuvieseis hijos. Habría un heredero y yo estaría liberado.

Lani tragó saliva. Se alegraba de que no la estuviese mirando, porque su cara se contrajo involuntariamente. Si le contaba lo del bebé… Evitó llevarse la mano al vientre.

El bebé. De nuevo se sintió culpable. Apenas había pensado en la vida que crecía dentro de ella. El miedo y las dudas superaban la alegría que podía sentir por el hecho de ir a ser madre.

Había deseado tener hijos antes de darse cuenta de lo complicada y dolorosa que podía ser la vida. Con Vanu había conocido un lado siniestro que podía llegar a alterar las circunstancias más felices.

Aunque Vanu ya no estaba, sentía su influencia envolviéndola en una mezcla de subterfugios y obligaciones que amenazaban con atrapar a A.J. en un matrimonio no deseado.

Aun así, tenía sentido del deber hacia su país. No podía negar el cariño que sentía por su suegra. Si al menos hubiera una solución para contentar a todos…

Se le ocurrió una idea.

–El país necesita un heredero –dijo en voz baja–. Podrías volver y reinar… sin necesidad de casarte conmigo. Solo quiero que sepas que las dos cosas no tienen por qué ir unidas.

A.J. se giró hacia ella. Al principio fruncía el ceño, pero luego su expresión se relajó.

–Según la tradición, sí.

–Las tradiciones pueden actualizarse. Estamos en el siglo XXI.

Las leyes sucesorias podían adaptarse para hacer que A.J. y sus herederos fueran los sucesores en lugar de un bebé que aún estaba por nacer.

Se estaba agarrando a un clavo ardiendo y lo sabía.

A.J. bajó la mirada a la mano de Lani, que se había posado en su vientre. La apartó como si quemara. Él continuó mirándola con curiosidad unos segundos más, y luego se giró para desandar el camino.

–Han de transcurrir noventa días para que el sucesor sea elegido. No los he contado, pero creo que no nos queda demasiado.

Lani sintió que el estómago se le encogía.

–Han pasado cincuenta y dos días. Tu madre lleva la cuenta en un ábaco.

Aquello también suponía que estaba embarazada de cincuenta y dos días. Pronto empezaría a notársele.

A.J. se pasó la mano por el pelo.

–No sé por qué, pero nunca pensé que me encontraría en esta posición –dijo girándose para mirarla–. Me marché de Rahiri, dejando todo atrás. Ya no encajo aquí.

Lani tragó saliva.

–Tienes tu propia vida y lo entiendo. Solo tú puedes decidir qué hacer.

Estaba segura de que su madre y el consejo de sabios de la isla no opinarían lo mismo. A.J. estaba en una situación difícil. Al menos ella tenía la suerte de no tener que decidir entre varias opciones. Su suerte estaba unida a la de la dinastía real.

–¿Cómo puedo casarme con la esposa de mi hermano como si tal cosa? –dijo A.J. dejando los dos jarrones en el suelo y tomándola de las manos–. ¿Cómo puedo tomar a una mujer a la que apenas conozco y unir mi vida a la suya? No te conozco.

–¿Acaso se conoce a alguien de veras?

Lani tembló ligeramente. La proximidad a su fuerte pecho removió algo en su interior. Se esforzaba por no decir nada inadecuado, por no estropearlo todo por la familia y por Rahiri. Si su destino era casarse con un desconocido que no la quería, entonces lo haría. Era capaz de soportar casi cualquier cosa después de sus años con Vanu. Al menos, A.J. parecía amable.

Además, era muy guapo. El sol iluminó sus rasgos. Sus ojos brillaban confusos. Seguía entrelazando sus manos con las suyas y la temperatura empezó a aumentar entre sus dedos enredados.

Lani se preparó para lo que pudiera pasar. ¿Volvería a intentar besarla? Esa vez debía aceptar el beso. Eso era lo que todo el mundo querría. Sus labios palpitaron de ansiedad y empezó a sentir calor en el vientre.

A.J. apretó los labios y frunció el ceño, antes de soltarle las manos y apartarse. Luego, se secó las palmas en los pantalones.

Lani dejó caer los brazos a los lados y un cosquilleo recorrió sus dedos ante el súbito abandono. Una sensación de alivio la embargó, uniéndose a la culpabilidad y el miedo que permanentemente la acompañaban ante lo que el futuro les deparaba.

–¿Sabes una cosa? Creo que deberíamos buscar flores para la fiesta –dijo A.J.–. Al menos, no decepcionaremos a mi madre en ese asunto.

–Claro –repuso ella tratando de sonar animada–. Sé de una arboleda en la que podremos llenar los dos jarrones sin estropear las plantas. Sígueme.

Pasó a su lado y se preguntó si sería apropiado ordenar al hijo de un rey, y probablemente futuro rey, que la siguiera. La vida resultaba muy confusa al verse mezclada con siglos de tradiciones. Había sido muy ingenua, condenando su vida y la de sus futuros hijos.

Oyó los pasos firmes de A.J. tras ella. Era demasiado seguro de sí mismo como para molestarse por tener que seguir a una mujer. Era un cambio agradable después de Vanu, que se hubiera pasado todo el día pinchándola con sus errores. La presencia de A.J. detrás de ella era tranquilizadora. Desde que Vanu desapareciera, le daba miedo estar sola en la selva. ¿Y si de repente reaparecía, más cruel que nunca, para vengarse de ella por ser feliz?

¿Qué pensaría A.J. de eso, de que se alegrara de que su hermano estuviera muerto? Era otro secreto que se llevaría a la tumba con ella.

Su mano había vuelto a posarse en su vientre y la apartó.

–Ya no está lejos.

Si pudiera contarle lo del bebé… Si conociera todos los detalles, podrían hablar con franqueza y tomar juntos las decisiones. Pero era su deber guardar silencio.

Llegaron a una zona sombreada en la que crecían azucenas blancas alrededor de los troncos de los árboles.

–Podemos cortar estas. Solo florecen unos días y se reproducen con facilidad.

Sacó las tijeras del bolsillo y cortó un manojo de tallos. Rápidamente los metió en uno de los jarrones que A.J. le ofreció.

–Qué suerte tienen las flores de llevar una existencia despreocupada. Y ahora van a asistir a una de las fiestas de mi madre –dijo sonriendo–. Al menos, eso la mantendrá ocupada durante unos días. Así no se sentirá tan triste.

–Le encanta organizar cosas –repuso Lani sonriendo–. Y es feliz rodeada de sus muchos amigos.

–Tú y yo tendremos que estar sonrientes toda la noche. Supongo que te imaginas lo que todos estarán pensando.

Lani se mordió el labio inferior.

–Sí, creo que sí.

–Estarán susurrando: «¿Es ese el director de cine que se va a casar con la viuda?».

Su imitación exagerada del acento rahiriano provocó la risa de Lani, a pesar del nudo de temor que se le había formado en la boca del estómago.

–Lo harán. Seguramente lo darán por sentado al ver que sigues aquí.

–Podemos hacer como que estamos discutiendo, para que sea más emocionante y no dejen de murmurar.

Lani le devolvió la sonrisa. La gente tenía muchos motivos para hacerse preguntas, incluyéndola a ella. ¿Accedería A.J. a casarse con ella? ¿Se creería que aquel bebé prematuro era suyo? ¿O se marcharía de vuelta a Los Ángeles, dejándola sola para criar al niño?

Tal vez ocurriera algún imprevisto que era incapaz de imaginarse.

Capítulo Cuatro

El sonido del violín se distinguía entre el murmullo de las conversaciones, mientras el salón de ceremonias se iba llenando de invitados de Priia. A.J. sintió calor bajo el cuello de la camisa. Llevaba una túnica negra y unos pantalones a juego, el atuendo de luto para las fiestas rahirianas. Aquella vestimenta podría parecer lo último en moda en las calles de Beverly Hills, pero el traje tradicional le provocaba picores, como si se hubiera metido en la piel de otra persona.

–¡Arun!

Se sorprendió al escuchar su nombre de pila y levantó la vista. Vio a un hombre de pelo cano acercándose. A.J. reconoció al instante al mejor amigo de su padre. A pesar de sus andares cansinos y de su rostro arrugado, los ojos del anciano brillaron con intensidad al abrazar a A.J.

–Me alegro mucho de verte de vuelta en casa. Tu regreso nos alegra a todos.

A.J. tragó saliva.

–Es un placer estar de vuelta –mintió, y dio un rápido sorbo a su bebida–. ¿Cómo está, señor?

–Señor, señor. ¿Qué manera es esa de que nuestro nuevo rey se dirija a uno de sus súbditos?

Llámame Niuu como todos estos tontos bien vestidos.

A.J. se contuvo para no decirle que no iba a quedarse. No quería arruinar la fiesta de su madre.

–Lo intentaré. Las viejas costumbres son difíciles de romper. Me siento como un niño otra vez, rodeado de todos los viejos amigos de mis padres.

–Eres un crío comparado conmigo y eso es lo que Rahiri necesita. Energía nueva para el futuro. Seguirás haciendo películas, ¿verdad? A mi mujer y a mí nos gusta la saga de *El buscador de dragones*.

–Películas, sí, supongo que sí. Me sorprende que la gente de aquí vea mis películas.

–Estamos muy orgullosos de ti, Arun. Te estás haciendo un nombre y estás dando a conocer nuestra isla en Hollywood.

A.J. contuvo una sonrisa. No consideraba que estuviera representando a Rahiri con su trabajo. Quizá así fuera como la gente lo veía. Nunca antes se había parado a pensarlo.

El anciano lo tomó por el brazo.

–Seguirás financiando las escuelas, ¿verdad? Son nuestro futuro. Hay mucho talento joven en nuestra isla. Y nuestro sistema sanitario es insuperable. Todo eso lo consiguió tu padre y hace falta una mano firme para llevar el timón y conducirnos al futuro. Eres fuerte, como los antiguos, y muy diferente de tu hermano Vanu. Es evidente que todos sentimos su pérdida, pero estamos preparados para adentrarnos en el futuro bajo tu liderazgo.

–Agradezco tu fe en mí.

A.J. buscó en su cabeza algo que decir que no lo decepcionara, pero que tampoco lo obligara a nada. No quería sentirse más culpable.

–Por supuesto que tengo fe en ti. Eres hijo de tu padre. Te educó para que te convirtieras en un hombre y te preocuparas por los más desfavorecidos. Te necesitamos, Arun, y estamos orgullosos de que vayas a ser nuestro nuevo rey.

A.J. abrió la boca, pero no pudo decir nada. Miró por encima del hombro del anciano y vio a Lani al otro lado del salón. Entre los invitados, se la veía pálida y perdida.

–Por favor, discúlpame.

Se dio prisa en llegar hasta ella, saludando con una inclinación de cabeza a caras que hacía años que no veía. Lani ni siquiera lo vio acercarse. Tenía la mirada perdida y la expresión vacía, como si tratara de olvidarse de dónde estaba.

–Lani, ¿estás bien?

Ella se sobresaltó.

–Claro –dijo, y lo miró sorprendida.

–Pareces un pajarillo que acabara de caer de un árbol en mitad de una autopista.

–Qué curioso, así es como me siento –contestó y una sonrisa asomó brevemente a sus labios antes de desaparecer de nuevo.

–¿Demasiada gente esperando algo de ti? Sé lo que se siente.

¿Qué era lo que Lani quería? Si le preguntaba, sabía que le contestaría con la pauta marcada por su madre y no con una respuesta sincera. Le había dicho que quería casarse con él, lo hiciera o no. ¿Y por qué iba a hacerlo? Apenas se conocían. Él era un director de cine al que le gustaba pasárselo bien y ella, una chica de pueblo tranquila, aunque convertida en un miembro de una familia real.

—No tienes buen aspecto.

—Estoy bien —dijo levantando los hombros—. Tan solo un poco cansada. Últimamente no duermo bien.

Probablemente de pena por Vanu. De nuevo, sintió aquella extraña punzada de celos. Era ridículo. ¿Cómo podía envidiar a su hermano ahora que estaba muerto? Toda aquella extraña situación lo estaba volviendo loco.

—Tal vez deberías buscar asiento.

Le ofreció su brazo, preparándose para el efecto que le produciría.

Lani no se movió.

—Estoy bien, de verdad —dijo mirándolo con aquellos arrebatadores ojos dorados—. A partir de ahora me esforzaré más. Tu madre me necesita. Estaremos sentados horas cuando empiecen los discursos.

—Los discursos. Esa es una parte de nuestra cultura que no he echado de menos. ¿Alguien ha hecho un nuevo récord de duración?

—Creo que sigue en cinco horas —dijo ella sonriendo–. Al menos, es muy relajante para el público. Ya sabes que tendrás que pronunciar uno.

A.J. hizo una mueca. Sabía que tenía que hacerlo, pero ¿qué diría? Se le daba bien hablar en público, pero el listón estaba más alto allí que en una reunión de inversores.

–Tienes suerte de ser una mujer porque te libras. Si me convierto en rey, voy a cambiar eso de inmediato para que las mujeres también den discursos.

Lani abrió los ojos como platos, divertida.

–A tu madre le encantaría. No pararía en toda la noche.

–Cierto –dijo A.J. riendo.

Ambos sabían que estaba bromeando respecto a lo de convertirse en rey, ¿no?

Lani observó a A.J. mezclándose entre los invitados, todo saludos y sonrisas. Sobresalía una cabeza de la mayoría de la gente y se movía como un rey con su porte y su comportamiento seguro y confiado. Todo el mundo se alegraba de verlo. Estaban encantados de que la sucesión fuera un asunto sencillo y sin sobresaltos, siguiendo los métodos tradicionales.

La gente mantenía una respetuosa distancia de ella. Como viuda en duelo, nadie esperaba que comiera ni bailara ni charlara con los invitados. Pero todos esperaban que se casara con A.J. No tenían ni idea de que él no quería.

No sabía si sentirse aliviada o asustada. Parecía dispuesto a regresar a Los Ángeles. No había dicho nada que sugiriera lo contrario y tampoco le había pedido su opinión. Si lo hubiera hecho, le habría dicho que quería casarse con él. ¿Qué otra cosa podía decir?

Los dedos se le habían agarrotado cuando le había ofrecido su brazo. El vello se le había erizado, deseando sentir su roce. Ahora se preguntaba si había hecho lo correcto al rechazarlo.

Toda aquella situación era confusa e inquietante. Se suponía que debía persuadirlo para que se casara con ella de inmediato, pero no quería atraparlo en una farsa de por vida como le había pasado a ella. Tampoco quería volver a casarse con un hombre que no la amase.

—Querida, ven y colócate a mi lado. Van a comenzar los discursos.

Priia tenía buen aspecto, como era usual en ella en los eventos festivos. Brillaba con la energía que le proporcionaban otras personas. Sociable y encantadora, había nacido para ser reina. Lani envidiaba su fortaleza y su personalidad extrovertida.

La acompañó hasta la mesa de honor y Priia le señaló una silla.

—Siéntate y toma unas estrellas de coco. Necesitas tener fuerzas.

—Gracias, eres muy buena conmigo.

Lani tomó una de las delicias de coco y se preguntó qué hacer con ella. Su estómago, oculto bajo aquel vestido bordado de color dorado, no estaba en condiciones de aceptar comida.

–Tonterías, querida. Das luz a mi vida –dijo su suegra, y se inclinó para acercarse–. Y pronto una nueva luz brillará entre nosotros.

Lani palideció y evitó mirar a su alrededor. ¿Y si alguien la había oído y se preguntaba qué había querido decir?

Un anciano de aspecto solemne vestido con el atuendo típico de una isla cercana se acercó al centro del salón desde donde iban a ser pronunciados los discursos. Al principio, Lani se mantuvo rígida en su asiento, preguntándose si con sus palabras se referiría a su destino. En vez de eso, el hombre hizo un alegato semipoético de la historia de la región, salpicado de mitos y supersticiones, y enseguida Lani dejó volar su imaginación.

Siguieron otros oradores que celebraron la hermandad de las islas y la tranquilidad que compartían en aquellos bonitos parajes. Llevada por aquel ambiente de cordialidad, Lani se relajó e incluso se tomó una estrella de coco.

Cuando el maestro de ceremonias llamó a A.J., o más bien a Arun Jahir, Lani se enderezó en su asiento. Lo vio levantarse y dirigirse al centro del salón. Su rostro era inexpresivo. Su impecable atuendo negro resaltaba la fuerza y la dignidad de sus movimientos. Con la cabeza alta y la espalda recta, se movía como un rey, a pesar de que no quisiera convertirse en uno.

Una sensación de orgullo asaltó a Lani. A.J. le

caía bien y comprendía la extraña posición en la que se encontraba. Seguía sin entender por qué la había besado dos veces, pero dadas las circunstancias era excusable. Era evidente que, al igual que ella, trataba de hacer lo correcto. Sabía que una elección equivocada tendría sus consecuencias.

Lani se agitó en su asiento, recordando la diminuta criatura que llevaba con ella. El miedo y la ansiedad por la situación en la que se encontraba competían con la excitación ante la llegada de su bebé. ¿Cómo no iba a desear tenerlo en brazos y sentir su cálido cuerpecito?

A.J. observó en silencio al público durante unos segundos. Cuando empezó a hablar, su voz sonó más profunda de lo que recordaba. Como los anteriores, se refirió a la larga historia de la dinastía, a la leyenda de cómo su gente llegó en barcas, de cómo lucharon y encontraron finalmente la paz.

Lani lo observó, con el corazón latiéndole con fuerza. ¿Cómo se las arreglaba A.J. para hablar con la misma corrección que los sabios de la región? No parecía llevar fuera más de una década. Parecía llevar la cadencia y el ritmo de las viejas historias en la sangre. Pero ¿por qué no iba a ser así? Al fin y al cabo, descendía de una larga dinastía de reyes.

La sensación de orgullo fue en aumento y se encontró apretándose las manos sobre el regazo. Cualquier mujer estaría orgullosa de tener a un hombre como A.J. como marido, aunque no fuera miembro de una familia real. Sentía que la emoción iba en aumento en el salón. Miró a su alrededor y vio ojos brillantes y mejillas encendidas mientras A.J. hablaba. Sus palabras resonaban en la habitación. Su significado era menos importante que el hombre que las pronunciaba y la magia que provocaba con su voz poderosa.

Hizo una pausa, miró al techo y empezó a caminar. Al principio, Lani pensó que estaba volviendo a su asiento. Se sintió desilusionada de que su intervención hubiese acabado, a la vez que aliviada de que no hubiera asumido ningún compromiso.

Pero de repente se detuvo. Se giró hacia su madre, sentada a un metro escaso de Lani, e hizo una reverencia. Lani se alarmó, presintiendo que algo estaba a punto de ocurrir.

–Estoy orgulloso de seguir la tradición y de asumir el papel de rey que han desempeñado mi padre y mi hermano antes que yo.

Lani contuvo la respiración. Todo parecía dar vueltas a su alrededor y se agarró al reposabrazos de su asiento.

–Y estoy feliz de tomar a Lani Rahia como mi esposa, siguiendo la costumbre de la monarquía –añadió mirándola.

Lani permaneció inmóvil mientras todos los ojos de la sala se posaban en ella. Los rostros se volvieron borrosos y tuvo que respirar hondo.

–Estoy tan feliz, hija mía –dijo Priia, tocándola

en el brazo–. Es un gran día para Rahiri y para todos nosotros.

Lani trató de decir algo, pero era incapaz de mover los labios. ¿Cómo podía A.J. haber hecho aquello sin ni siquiera consultárselo?

Porque él era el rey y ella no era nadie. Al igual que la corona vacante, podían tomarla y pasársela.

La ira y el pánico se apoderaron de ella. Su infancia en Nueva Jersey y la libertad de la que había disfrutado ponían a prueba la sumisión que se le imponía.

A.J. no tenía ni idea de que estaba embarazada. Le molestaba que no la hubiera preguntado su opinión sobre el matrimonio. ¿Cómo se sentiría si se enteraba de que estaba esperando un hijo de su hermano?

Si seguía el plan de Priia, él nunca lo sabría. Podría sospechar algo, tal vez reparar en rasgos más parecidos a los de su hermano que a los suyos, pero nunca lo sabría con seguridad.

Aquella era una ventaja que las mujeres siempre habían tenido sobre los hombres. Nunca podían saber si de veras eran el padre de un hijo. Solo la mujer conocía ese secreto.

–Lani, ¿estás bien? –le preguntó Priia interrumpiendo sus pensamientos–. Bebe agua.

Sintió un vaso en los labios y se esforzó por tragar.

–Creo que sí.

Se secó la boca, satisfecha de que al menos no

se le hubiesen escapado las lágrimas. Vio a A.J. subir los escalones, dirigiéndose hacia ella.

—Levántate, querida —susurró su suegra.

Se puso de pie y se alisó el vestido, confiando en que no le marcara el vientre.

A.J. se detuvo ante ella y la tomó de la mano. Sus dedos temblaron entre los suyos y sintió una oleada de calor.

—¿Me tomas por esposo?

Sus ojos se encontraron al hacerle la pregunta. No era habitual preguntar. Lo había hecho en consideración hacia ella. O tal vez no, ya que era imposible negarse ante todos aquellos monárquicos.

—Sí.

Se preguntó si A.J. sonreiría, pero no lo hizo. Su rostro, como el de ella, parecía haberse convertido en una máscara. Eran dos personas interpretando el papel que la historia les había reservado y en el que ni las emociones ni los gustos personales tenían cabida.

La gente empezó a vitorear y a patear el suelo, la forma habitual de mostrar entusiasmo.

—Dad una vuelta por el salón —susurró Priia, sacándola de sus pensamientos.

A.J. tomó del brazo a Lani y la ayudó a bajar los tres escalones del salón de ceremonias. Ella trató de mantener el paso firme y de mostrar una expresión de serena felicidad.

El brazo de A.J. estaba tenso. Caminaba con pausada dignidad, no con su habitual andar relajado. No había duda de que ser rey lo haría convertirse en una persona diferente. ¿Sería tan frío y severo como Vanu una vez pronunciaran sus votos matrimoniales?

El pánico hizo que sus músculos se pusieran rígidos. Tanta expectación, tantos sueños y esperanzas, y el futuro de la nación estaba oculto en la oscuridad de su vientre. Sentía la tensión cayendo sobre ella y la cabeza empezó a darle vueltas.

—Creo que voy a desmayarme –dijo inclinando la cabeza hacia A.J.

Su susurro se perdió en el estruendo de la multitud. A.J. siguió avanzando, mostrando una sonrisa en la cara. Tal vez incluso se había olvidado de que la tenía al lado.

Los rostros empezaron a fundirse en una mezcla de colores y destellos oscuros. Sus tobillos empezaron a fallarle y el suelo pareció inclinarse. Clavó las uñas en el brazo de A.J. y él la miró.

—No me siento bien.

A.J. se alarmó.

—Iremos fuera para que te dé el aire. Hay una puerta ahí –dijo él y antes de salir, se giró hacia los invitados–. Por favor, quédense y disfruten.

En vista de que Lani y él estaban a punto de abandonar el salón, la gente se enfervoreció. Tal vez suponían que estaba a punto de producirse una escena romántica. Lani sintió náuseas ante la idea de que pronto estaría a solas con A.J., su futuro marido.

Fuera, sintió el aire fresco de la noche en su rostro. Respiró hondo y soltó el brazo de A.J.

La luz de las lámparas dejaban la cara de A.J. en sombras, y por un momento, pareció amenazante, inescrutable. No conocía a aquel hombre, pero esperaban de ella que pasara el resto de su vida a su lado y durmiera en su cama, tanto si quería como si no.

El pánico se apoderó de ella y apresuró la marcha. El pasillo se volvió borroso mientras se dirigían hacia el jardín. No sabía por qué corría, solo que tenía que moverse, que dejarse llevar por un fiero instinto que vibraba por todo su cuerpo.

—Lani, ¿adónde vas?

Oyó la voz de A.J. a sus espaldas y aceleró el paso. Tras ella, escuchó los pasos de A.J., primero caminando y luego corriendo.

«¿Adónde voy?».

Aquella pregunta daba vueltas en su cabeza mientras corría, haciendo resonar las sandalias en los mosaicos.

«No hay salida».

El pasillo acababa en la parte cuidada del jardín, en donde había un estanque y casas para los pájaros colgando de los árboles. Los mosaicos de piedra daban paso al césped, frío y húmedo bajo el rocío de la noche. Corrió unos pasos más antes de sentir que un brazo la tomaba por la cintura, casi dejándola sin aliento. ¡El bebé! Si lo supiera, nunca la habría sujetado por ahí.

Forcejeó tratando de soltarse, pero no pudo. La agarraba con fuerza y había deslizado el otro brazo alrededor de ella para sujetarla desde detrás.

—Lani, deja de correr. Tenemos que hablar. Sé que estás asustada, pero estamos en esto juntos.

Su voz profunda resonó en sus oídos. No quería decir nada. Lo único que podía decir era que estaba embarazada, pero había prometido guardar el secreto.

—No pretendía darte la noticia de golpe. A mí también me ha tomado por sorpresa.

La hizo girar en sus brazos hasta que la tuvo frente a él.

Lani trató de ignorar el extraño hormigueo de su vientre y sus pechos, y los impulsos de deseo que solo estaban empeorando la situación.

—Pensé que ibas a volver a Los Ángeles.

Eso era lo que había querido, aunque no había sido hasta en ese momento, cuando la posibilidad había desaparecido, que lo había admitido.

Él frunció el ceño. Sus rasgos se veían angulosos bajo la luz de la luna.

—Yo también. Pero esta noche, rodeado de toda esa gente, con la emoción del pasado de nuestra isla y la preocupación por su futuro, supe que mi sitio estaba aquí. No podría eludir mi responsabilidad y seguir viviendo como si nada.

Lani asintió. De nuevo volvía a sentirse orgullosa. A.J. era un hombre íntegro.

—Rahiri tiene suerte de tenerte.

Aquellas palabras sonaron huecas. Para él, no era una suerte tenerla, puesto que pretendía ocultarle un gran secreto de por vida. Si se lo contaba, no sería rey. Le rompería el corazón a Priia y pondría toda la carga del futuro de la monarquía sobre sus hombros y los del futuro bebé. Y todavía tendría que volver a casarse.

–Me esforzaré en ser un buen marido –dijo él soltándola.

La había estado sujetando para evitar que saliera corriendo de nuevo.

Lani se tambaleó ligeramente.

–Me esforzaré en ser una buena esposa.

¿Cómo iba a ser una buena esposa si lo engañaba sobre la paternidad del hijo que esperaba?

Los ojos dorados de Lani brillaron ansiosos y A.J. sintió lástima. Aquella pobre mujer no tenía nada que decir sobre su destino. Por supuesto que podía rechazarlo, pero era demasiado educada y amable para hacerlo. Él podía haber aceptado la corona y haberse negado a casarse con Lani, pero por alguna razón sabía que lo correcto era hacerlo.

¿Sería por aquel primer beso? Con aquel beso, todos los pretextos habían desaparecido. La tensión se había evaporado y no había quedado nada más que… pasión. ¿Podría volver a pasar ahora que estaban unidos el uno al otro de por vida?

Lani alzó la barbilla cuando sus miradas se encontraron. Parecía decidida a acatar su destino sin rechistar.

Pensó en besarla. Quizá así rompiera todo el nerviosismo y la ansiedad, y empezara a dar rienda suelta a la atracción que había surgido entre ellos aquella primera noche.

—Tengo una idea.

Bajó las pestañas y apartó la mirada, como si fuera una joven a la que nunca hubieran besado. Sabía que no era así. Bajo aquella fachada recatada se escondía un volcán de pasión.

—¿Cuál? —murmuró ella alzando la vista.

Él respondió inclinando la cabeza hacia la suya. Lo hizo lentamente, para darle la oportunidad de reaccionar. Al principio se encogió ligeramente, como si quisiera evitarlo, pero luego pegó su boca a la de él.

Sus labios se unieron como imanes, atraídos por una fuerza desconocida. Una oleada de deseo se apoderó de A.J. cuando Lani abrió la boca para recibir la suya. Ella se relajó y dejó que la rodeara con sus brazos, atrayéndola. A.J. deseó acariciar la tela de su vestido y quitárselo para dejar al descubierto su piel dorada y suave.

Su boca le recordó a la miel cálida, deliciosa y tentadora. El beso se hizo más intenso y deslizó los dedos por su espalda. Lani le devolvió el beso, acariciándole la lengua con la suya, y lo rodeó por la cintura, estrechando su cuerpo contra el de él.

Pero algo era diferente.

Sus movimientos carecían de la sensación de abandono que recordaba del primer beso. No había gemidos. Sus dedos se hundían en los músculos de su espalda, pero de una manera forzada y no con la intensidad que recordaba.

Lentamente, A.J. se apartó. Cuando Lani abrió los ojos, advirtió en ellos una expresión de alarma. ¿Se estaría preguntando si había podido fingir pasión?

A.J. evitó fruncir el ceño. No era buena idea estar allí fuera a oscuras en el jardín, mientras el resto de invitados bebían y charlaban en el interior.

—Vayamos a un sitio más cómodo.

Así podrían hablar en privado e irse acostumbrando a la nueva situación.

—De acuerdo —contestó ella, sumisa como de costumbre.

¿Descubriría alguna vez lo que pasaba dentro de aquella mente, tras su cortés sonrisa?

La tomó del brazo y avanzaron por la galería.

—No nos echarán de menos. Disfrutarán más hablando de nosotros si no estamos —dijo él sonriendo.

—Claro.

A.J. la guió por los pasillos del ala privada del palacio hasta su salón privado. Estaba junto a su dormitorio y nadie los interrumpiría allí. Los invitados se quedarían hasta el amanecer, y luego sus chóferes los llevarían a casa en sus coches.

Priia había redecorado la habitación en su ausencia con un estilo sencillo y masculino que le gustaba más. No tenía ninguna duda de que esperaban que se fuera a dormir a la alcoba real, pero no estaba dispuesto a pasar la noche en una habitación en la que Lani había dormido con Vanu.

Le indicó que se sentara en un sofá de cuero y ella obedeció.

–¿Quieres un poco de vino? –preguntó señalando el bar que había en un rincón.

–No, gracias, estoy bien.

Su rápida contestación le sorprendió. Se acercó al armario y se sirvió una copa. Luego se sentó al lado de Lani en el sofá y ambos permanecieron callados. Incluso su vino favorito le sabía amargo.

¿En qué se había metido?

–Ya sabes que no tienes que casarte conmigo –dijo él dejando la copa.

–Pero quiero hacerlo –declaró Lani encontrándose con su mirada.

El pánico de sus ojos contradecía su afirmación.

–Sé que mi madre te ha estado presionando y yo he contribuido a aumentar esa presión declarando públicamente que voy a casarme contigo. Pero no pretendo obligarte a nada. Si quieres cancelarlo, solo tienes que decírmelo.

Se preparó para su respuesta, convencido de que lo rechazaría.

Los hechos de aquella noche habían encendido un fuego en su interior, un fuego de antiguas tradiciones y rituales, y se había comprometido a mantenerlo vivo. La idea de pasar su vida junto a la atractiva Lani se había convertido de repente en uno de los mejores beneficios de asumir el papel que su país esperaba de él.

Incluso en aquel momento, su mirada dorada le provocaba una sacudida y sus dedos desearon recorrer aquella suave piel.

Pero no si ella no lo deseaba. Tenía suficientes mujeres tras él en Los Ángeles. No había ninguna razón para obligar a una mujer a irse a la cama con él si ella no quería.

—No quiero cancelarlo. Quiero casarme cuanto antes —contestó Lani secándose el sudor de las manos en el vestido que llevaba.

A.J. ladeó la cabeza.

—Entonces, ¿por qué no pareces contenta?

—Lo estoy, de verdad —insistió rodeándolo con sus brazos.

—Tienes una forma curiosa de demostrarlo.

Él se giró y le pasó un brazo alrededor. Enseguida se dio cuenta de que estaba temblando, de que todo su cuerpo se había puesto rígido.

—Necesitas relajarte —dijo acariciándole la mejilla.

—Lo sé. Es solo que estoy muy… emocionada.

Más bien asustada. Tal vez temiera que fuera a hacerle el amor esa noche.

—No tenemos que darnos prisa.

–Pero deberíamos hacerlo. Todo el mundo lo está esperando.

Un brillo especial, tal vez de pánico, asomó a sus ojos y A.J. sintió curiosidad.

Él ladeó la cabeza y le sostuvo la mirada.

–¿Crees que esperan que durmamos juntos?

–Seguramente sí.

Él arqueó una ceja. Sentía calor en la entrepierna.

–¿Crees que deberíamos hacerlo?

A Lani le ardió la mejilla bajo su caricia.

–Creo que sí –contestó en voz baja.

A.J. parpadeó. No esperaba esa respuesta. De hecho, su única intención era besarla. Tal vez ella quisiera acabar con aquello cuanto antes. O quizá asegurarse de que era un buen amante antes de unirse a él de por vida. Había muchas posibles explicaciones, dadas las extrañas circunstancias que los rodeaban.

Y como era un hombre positivo, cualquiera le servía. Se levantó del sofá y la tomó de la mano.

–Entonces, lo mejor será que nos vayamos al dormitorio.

Capítulo Cinco

Lani siguió a A.J. de la mano. Podía hacerlo. Era lo mejor para Rahiri y la familia. A.J. sería rey, su madre estaría contenta y su hijo sería libre para crecer hasta que estuviera preparado para asumir las responsabilidades de la monarquía.

A.J. se giró hacia ella al llegar a la puerta y tomó sus manos entre las suyas.

—¿Estás segura?

Ella se quedó pensativa. Era un hombre considerado, que se merecía una mujer mejor que ella. Pero para que el plan de Priia triunfara, tenía que cumplir con su deber con él enseguida.

«Cumplir con su deber».

Incluso aquella frase sugería un delito, pero no podía llamarlo «hacer el amor» dadas las circunstancias.

Hacer el amor. Nunca lo había hecho con Vanu. Entre ellos no había habido amor, aunque en los primeros meses se había esforzado en encontrarlo. Luego había descubierto que Vanu no era capaz de amar.

A.J. volvió a acariciarle la mejilla, haciéndola estremecerse de placer. Su roce fue suave. Lani alzó la mano y la deslizó por su camisa, sintiendo sus fuertes músculos bajo la tela.

Tenía un cuerpo sensacional. Lo había visto una mañana nadando en el lago. Su corazón había estado a punto de dejar de latir al ver sus anchos hombros bajo el sol de la mañana mientras su cuerpo fornido y bronceado salpicaba agua.

El deseo aumentó en su interior desde lo más profundo de su ser. Podía hacerlo y disfrutar.

A.J. tomó el fajín de la cintura de Lani y tiró suavemente del nudo. Ella lo ayudó a deshacerlo y la banda de seda cayó al suelo junto a sus pies. Él le acarició la espalda y luego colocó las manos a cada lado de su cintura.

Lani se quedó sin respiración. ¿Y si le pasaba la mano por el vientre y se daba cuenta de que ya no era liso? En los dos últimos días, había empezado a abultarse.

Se sintió culpable y tiró de los botones de la camisa de A.J. Era mejor seguir adelante y dejar que él se concentrara tanto en lo que estaban haciendo que no se diera cuenta de nada extraño en su cuerpo.

Su corazón latió desbocado al quitarle la túnica negra y dejar al descubierto su pecho. Lani sintió que sus pezones se endurecían presionados contra el sujetador y un nudo se formó en su vientre. ¿Sería perjudicial aquella excitación para el bebé? Sabía que el sexo no era malo durante el embarazo, pero por alguna razón no le parecía adecuado sentir placer en aquellas circunstancias.

Los ojos oscuros de A.J. se encontraron con los de ella al mirarla a la cara.

–Creo que soy un hombre afortunado –dijo él sonriendo.

Lani tragó saliva.

No, no lo era. Un hombre afortunado tendría una esposa sincera que no necesitaría tener sexo con él cuanto antes para que el niño pareciera suyo.

Bajó la vista a sus pantalones y advirtió la erección que se escondía debajo.

A.J. se rio.

–Como puedes comprobar, me siento muy atraído por ti.

Ella sonrió.

–Y yo por ti.

Sintió palpitaciones de excitación en las entrañas y un ansia en su interior que nunca antes había conocido.

A.J. le desabrochó el vestido y lo apartó cuidadosamente de la piel.

El aire cálido de la noche la acarició. De pie, desnuda ante él, un fuerte deseo la invadía. Aquel hombre guapo y atento le estaba ofreciendo sexo, amor y compañía, todas las cosas que no había tenido en su vida a la vez.

Sus ojos se llenaron de lágrimas y un sollozo escapó de su garganta.

–¿Qué ocurre?

A.J. le soltó las caderas y colocó las manos sobre sus hombros para que se quedase quieta. Frunció el ceño. Era evidente que empezaba a molestarle su comportamiento cambiante.

—¿Tan malo es convertirse en mi esposa?

Otro sollozo la sacudió.

—No puedo hacer esto.

Las lágrimas empezaron a correr por sus mejillas y cayeron sobre sus pechos.

—Entonces no lo hagas. Nos vestiremos. No quiero obligarte a nada.

Lani permaneció inmóvil.

—Pero tenemos que hacerlo.

El tono desesperado de su propia voz la sorprendió.

A.J. frunció el ceño y se pasó la mano por el pelo.

—¿Por qué?

—Porque ya estoy embarazada.

Sus palabras resonaron en el aire. A.J. frunció el ceño, tratando de asimilar la información.

—¿Estás esperando un hijo de Vanu?

Bajó la mirada a su vientre y ella se lo cubrió con las manos. Luego, asintió con los ojos llenos de lágrimas.

Una terrible sensación de frío se apoderó de A.J. Justo cuando se estaba comprometiendo con su nueva vida, cuando había elegido casarse con Lani y estaba deseando compartir su vida con ella, el brazo largo y poderoso de su hermano llegaba hasta él desde la tumba.

–¿Por qué no lo dijiste antes?

Lani se encogió de hombros.

–Me enteré hace pocos días. Me hice una prueba y…

Bajó la vista, incapaz de encontrarse con su mirada. A.J. la observaba atentamente. No entendía por qué tanto secreto. Su madre estaba deseando que se casaran y que la familia permaneciera unida al modo tradicional. Quizá pensaba que no querría casarse con ella si se enteraba de que estaba esperando un hijo de Vanu.

–Así que pretendías casarte conmigo y fingir que el niño era mío.

–No quería…

Tragó saliva. Lani parecía querer decir algo más, pero no podía.

–Pero mi madre te convenció.

Ella asintió.

–Me dijo que sería lo mejor porque de esa manera serías tú el siguiente en la línea sucesoria y no el bebé.

A.J. se apartó y maldijo entre dientes.

–No puedo creer que hayáis hecho esto. Nunca he tenido interés en el trono. Habría estado encantado de irme y dejar que tu hijo reinara en Rahiri.

–Me temo que tu madre tenía miedo de eso. Quiere que te quedes aquí.

Lo sabía. La felicidad de tenerlo de vuelta en

casa había sido un motivo de tormento y culpabilidad para él hasta que había decidido quedarse.

–¿Qué me dices de ti? –preguntó mirándola con los ojos entornados–. No hace falta que te cases conmigo. De todas las maneras, tu hijo heredará el trono.

–Mi hijo todavía no ha nacido.

–Tu hijo ni siquiera se adivina –replicó A.J. pasando la mirada por su vientre–. Llegados a este punto, no sé si creerte. Vístete.

La orden la sorprendió y enseguida obedeció. Recogió el vestido del suelo y se lo puso. A.J. se abrochó los pantalones y se giró. Con razón estaba tan ansiosa de tener sexo. Pretendía hacerle creer que el bebé era suyo. El deseo no tenía nada que ver con aquello.

La ira y la repulsa lo embargaron. Parecía dulce e inocente, pero ahora sabía que no lo era. La encantadora Lani había planeado atraerlo hacia una vida de engaños.

Nunca había querido volver allí. Su instinto le había dicho que se fuera lo antes posible. Aquella sensación había sido más fuerte después de su beso explosivo con Lani. Tenía que haberse dado cuenta de que tras su bonita fachada se escondía una persona falsa y peligrosa. ¿Qué mujer besaría a otro hombre recién fallecido su esposo?

La miró, odiando su belleza y la mezcla de miedo y alarma de sus grandes ojos dorados.

Se apartó de ella y se fue al otro lado de la habitación. No debería haber prometido quedarse.

Iba en contra de todo lo que quería en la vida. Disfrutaba de su profesión de director y de su grupo de amigos de Los Ángeles. No tenía ningún interés en sentar la cabeza y llevar una vida rutinaria.

Pero los redobles ceremoniales habían despertado algo en su sangre. Había sentido la atracción que aquellas islas ejercían sobre todo aquel que había vivido allí. La magia de la selva y el brillante océano formaban un paraíso de belleza que podía seducir a cualquier hombre tanto como una mujer bonita.

Había sido débil y había asumido el papel que todos esperaban de él, pero podía dejarlo de lado con la misma facilidad. Se giró hacia Lani, de pie junto a un lado de la cama. Había dicho que era muy feliz, que estaba deseando meterse en la cama con él. Todo mentiras.

—Me das asco.

—Lo siento.

—Más mentiras. No lo sientes o si no, no lo habrías hecho.

—Te he dicho la verdad.

—Estoy seguro de que tienes tus propios motivos para eso también.

Quizá la idea de meterse en la cama con un hombre al que no amaba, o incluso que no le gustaba, había resultado ser demasiado.

—Sin duda alguna, te has dado cuenta de que casarte con el hermano de tu marido es más difícil de lo que pensabas.

—Estoy deseando casarme contigo.

A.J. soltó un gruñido.

—¿Deseando? Qué amable por tu parte ser tan generosa con tu vida y con tu cuerpo. Olvídate de sacrificios y vete.

Señaló hacia la puerta. Le temblaba la mano de furia. El deseo que había visto en sus ojos hacía apenas unos minutos era falso y le enfurecía que hubiera tratado de atraparlo con el sexo cuando para ella no era más que una obligación.

Pero Lani no se movió.

—Vete.

Su orden resonó en las paredes y probablemente en la noche, puesto que las ventanas estaban abiertas.

Lani pareció encogerse un poco y se cubrió con el vestido.

—Seguramente los invitados siguen aquí.

—Entonces, ¿de qué te preocupas? ¿De que te vean desnuda y piensen que has estado en mi cama? Pensaba que eso era lo que querías —dijo entornando los ojos—. ¿O era solo cuando querías que pensaran que el bebé era mío?

—Yo no buscaba esto —replicó Lani con lágrimas en los ojos.

—Yo tampoco, pero al menos tú escogiste tu puesto cuando te casaste con mi hermano. Yo formo parte de este espectáculo desde que nací. Tardé años en salir de él y casi cometo el mayor error de mi vida dejando que mi madre y tú me volváis a meter en ello con artimañas y mentiras. Con tu cara, supongo que estás acostumbrada a salirte con la tuya.

Sus ojos llenos de lágrimas solo sirvieron para indignarlo todavía más.

–Te he dicho que te vayas.

Lani siguió aferrada a su vestido. A.J. recogió del suelo el fajín y se lo dio, apartando rápidamente su mano para no rozar la de ella. Su roce era mortal y quería perderla de vista antes de que ocurriese algo más.

Hacía menos de una hora que había prometido que se quedaría y ocuparía su puesto como rey. Llevado por el orgullo y un futuro esperanzador, había disfrutado del sentido del compañerismo mientras la gente le daba la bienvenida por volver a casa.

Pero había sido bajo falsas expectativas. Ya había un nuevo rey o reina esperando a ocupar el trono, escondido bajo el arrugado vestido de Lani.

La vio ponerse con torpeza el fajín alrededor de su todavía estrecha cintura y A.J. no pudo evitar preguntarse si de verdad existiría ese bebé. Quizá fuera su último recurso para hacer que saliera corriendo. Ya no sabía qué creer. Estaba enfadado y confuso. Estaba acostumbrado a ser el director, a decirle a la gente lo que tenía que hacer. Si algo no salía bien, podía arreglarlo en la postproducción, incluso cortarlo o volver a grabarlo si era necesario.

En la vida real no había tomas.

Con el fajín en su sitio, Lani se puso las sandalias. Le temblaban las manos y A.J. empezó a sentir lástima de ella.

Pero enseguida apartó aquel sentimiento y fue a abrir la puerta. En el pasillo se oían voces y pisadas sobre el suelo de piedra. Los invitados estaban abandonando la fiesta. ¿Qué escándalo se formaría si vieran a Lani con los ojos llenos de lágrimas?

Lani se detuvo ante la puerta y se alisó el vestido de seda.

–¿No puedes enfrentarte a ellos? –le preguntó él con voz fría–. Tal vez deberías contarles la verdad como me la has contado a mí.

Llevaba un rato sin decir nada y su silencio empezaba a molestarle. ¿Quién se creía que era para quedarse allí con aquella expresión de inocencia? De repente él era el malo, el que amenazaba con arruinar los planes de todo el mundo.

–Tu madre quiere que se mantenga en secreto –dijo ella por fin.

–¿Haces todo lo que ella dice?

Su silencio contestó la pregunta.

–Tiene que aprender que no puede manipular a la gente como si fueran marionetas.

Quizá Vanu aprendió de ella. Sabía cómo mover los hilos a escondidas. Había llegado el momento de que alguien cortara esos hilos. La tomó del brazo, enfadado por la manera en que su piel ardía cada vez que la tocaba.

–Venga, acabemos con esta farsa.

Lani tiró de su brazo para zafarse y él la soltó.

–Tu madre ha disfrutado mucho esta noche.

A.J. frunció el ceño. Todavía se oía a lo lejos la música. La gente estaba bailando y divirtiéndose, celebrando un futuro que habían imaginado juntos un rato antes.

–Ha estado muy triste últimamente –continuó Lani–. ¿Por qué no dejamos que disfrute de la fiesta? –preguntó evitando su mirada.

–¿Dejar que continúe esta farsa un día más? ¿Por qué no? Pero no creo que eso deba incluir dejarte pasar la noche en mi habitación. Hay demasiada gente aquí contigo y el bebé.

«Por no mencionar a tu esposo fallecido».

–¿Podrías acompañarme por el pasillo? Pensarán que pasa algo si me ven sola.

Se sintió tentado a decir que no. Todo estaba mal y era mejor que la gente lo supiera. Aquella farsa lo enfermaba. Además, odiaba la manera en que la suave voz de Lani se estaba ganando su compasión para salvarla de la humillación.

¿Cómo podía resultar tan exasperante y atractiva a la vez? Su piel brillaba bajo la tenue luz de los candelabros del pasillo. Su pelo parecía de oro.

–Claro.

Esa vez no la tocó. No quería percibir aquel calor cuando lo que debería sentir era repulsión. Avanzó por el pasillo con ella caminando presurosa a su lado con su vestido largo. La habitación de Lani estaba en el otro extremo del palacio, pasada la zona donde todavía se estaba celebrando la fiesta. Había varios grupos charlando en el vestíbulo que daba al salón y sonrieron al verlos acercarse.

A.J. sintió que se le contraía el estómago. Toda aquella gente los veía como a una pareja feliz con un futuro brillante por delante. Si supieran…

—Estás muy serio, Arun. El peso de la responsabilidad ya te está provocando las primeras arrugas.

Un hombre al que reconoció como uno de los ministros de su padre le sonreía.

—Tan solo estoy acompañando a Lani a su habitación. Está cansada.

No quería inventarse historias.

—Sí, claro.

No tuvo que arquear las cejas para que se entendiera su insinuación. A.J. vio que Lani se ruborizaba.

Parecía avergonzada y eso sería seguramente lo que pretendía. Ahora, todos pensarían que habían sellado su pacto haciendo el amor salvajemente. Maldijo el deseo que todavía encendía su cuerpo al mirarla. Su instinto le había dicho que se mantuviera apartado de Lani y de todo lo que representaba. Qué razón había tenido.

—Tu madre está muy contenta, Arun. Cuánta alegría le has dado a nuestra gente —dijo la esposa del exministro dándole un palmada en el brazo—. Hacéis una pareja encantadora.

La mujer dirigió el último comentario a Lani.

—Es muy amable, pero de veras necesito descansar —contestó Lani.

Su sonrisa la hacía parecer inocente y adorable. No tenían ni idea de por qué necesitaba descansar.

A.J. se relajó después de despedirse de los invitados y alejarse por el pasillo. No tenía intención de volver por allí y tener que soportar comentarios insinuantes de lo que Lani y él habían estado haciendo. Prefería atravesar el jardín a oscuras.

Lani caminaba delante de él, con los hombros contraídos bajo la cascada de pelo que le llegaba a la cintura.

Hacía tan solo media hora que había acariciado aquella melena, imaginándolos como marido y mujer. La idea se había evaporado como el rocío del amanecer y de nuevo volvía a ser una desconocida.

Al llegar a su habitación, Lani se dio la vuelta y lo miró preocupada.

—Gracias por no ponérmelo más difícil.

—No sé por qué lo he hecho —dijo él inclinando la cabeza—. Es obvio que soy un blando.

—No lo eres. Eres un caballero y lo has dejado claro en todo lo que has hecho y dicho hasta ahora —declaró ella con tono firme y mirándolo a los ojos—. Deberías ser rey y es una lástima si de alguna manera lo he echado a perder.

Aquellas palabras pusieron fin a aquellos pensamientos negativos. A nadie le importaba lo que Lani pensara. Se esperaba de ella que hiciera todo lo necesario para facilitar la sucesión y hacer más fácil la vida de los demás. Nada de aquello era idea suya. ¿Qué beneficio obtenía acostándose con él, además de casándose con él? Seguramente preferiría acurrucarse en un sofá a leer un buen libro.

–¿Por qué accediste a seguir el plan de mi madre para que me casara contigo si ya estabas esperando un heredero?

–Cuando llegaste, ella no sabía que estaba embarazada. Lo descubrí la primera noche, cuando no me sentía bien y me fui a mitad de la cena.

Las piezas empezaban a encajar.

A.J. frunció el ceño al darse cuenta de que se habían dado aquel primer beso antes de que ella descubriera que estaba embarazada.

–Así que la maquinaria para conseguir que nos casáramos ya estaba en marcha y pensaste que era demasiado tarde para detenerla.

–Tu madre estaba tan emocionada de que te quedaras… Y me gustaba la idea de que mi hijo pudiera crecer como cualquier niño, sin la presión de ser ya un monarca. En algún momento la idea tuvo sentido hasta que…

–Hasta que te quedaste desnuda conmigo. Entonces no hubo nada que ocultar.

–No me gustan las mentiras –dijo sosteniéndole la mirada–. Y no te lo mereces. Eres un buen hombre.

Su larga melena cayó sobre sus hombros. Su traje tradicional no le quedaba bien sin el fajín. Aquellos enormes ojos seguían brillando por las lágrimas que se acumulaban entre sus pestañas. Contuvo el deseo de tomarla en sus brazos y reconfortarla.

¿Estaba enfadado con ella o con el efecto que tenía sobre él? Lani estaba haciendo todo lo que se esperaba de ella. Las tradiciones la habían puesto entre la espada y la pared.

–Me alegro de que me lo contaras.

–No podría haber soportado mi conciencia si no lo hubiera hecho –repuso Lani alzando la barbilla.

–¿Por qué estabas dispuesta a casarte con un desconocido?

Ella apartó la mirada un instante.

–Por Rahiri –contestó y volvió a mirarlo con expresión seria–. Y por tu madre. Ya ves lo contento que está todo el mundo de que hayas vuelto.

Él se pasó la mano por el pelo y sonrió con amargura.

–Tienes muchas razones para casarte conmigo excepto… yo.

Ella se sonrojó.

–Me habría sentido orgullosa de tenerte como mi marido.

A.J. sacudió la cabeza.

–Orgullosa. No estoy seguro de que ese sea el sentimiento que espero de una esposa, pero no deja de ser interesante.

Lani tragó saliva, avergonzada por su respuesta.

–Me siento atraída por ti.

Su tímido susurro provocó una sacudida de excitación en la entrepierna de A.J..

–Me alegro de oírlo. No me gustaría casarme con una mujer que me encontrara repulsivo –dijo, y se cruzó de brazos para evitar dejarse llevar por la expresión de su deslumbrante rostro–. Así que estabas dispuesta a casarte conmigo por el bien de Rahiri.

Ella se encogió de hombros y, por primera vez, sus ojos brillaron divertidos.

–Supuse que podría soportarlo.

–Tu disposición a cumplir con tu deber patriótico es impresionante –comentó A.J., y recordó que pretendía hacer pasar por suyo el hijo que esperaba–. ¿De cuánto estás?

–De casi dos meses.

–¿Concebiste justo antes de que Vanu desapareciera?

Lani asintió.

–Por eso no sabía que estaba embarazada. Cada vez que me sentía mal o me encontraba cansada, creía que era del estrés.

–Vanu nunca supo lo del bebé.

–No –contestó ella.

Luego, le sostuvo la mirada como si esperara que pudiese adivinar algo.

A.J. no sabía qué pensar. Habían estado casados casi cinco años, así que ¿por qué se había quedado embarazada justo en ese momento? Era extraño. Por alguna razón, incluso resultaba… conveniente.

–Nadie habría sabido que no era mi hijo si no me lo hubieras contado.

–Yo lo habría sabido.

Sus ojos brillaron. Tal vez fuera por determinación o por aquella fuerza oculta bajo su atractivo.

–Te agradezco tu sinceridad.

A.J. se quedó pensativo. Cuando había anunciado su intención de convertirse en rey, lo había hecho de corazón. De repente, parecía como si toda su vida lo hubiese preparado para aquella noche, cuando había asumido responsabilidades de líder. Dirigía repartos de más de cien personas, revisaba presupuestos y se preparaba para toda clase de contingencias. Sabía cómo enfrentarse a las crisis y tratar con personas y situaciones difíciles.

El resultado, hasta el momento, había sido unos noventa minutos de entretenimiento para todos aquellos que se molestasen en observar, pero como rey de Rahiri, tenía el poder de modelar vidas a través de las inversiones en educación e infraestructuras.

Lani no era la única razón por la que había decidido quedarse y no iba a ser ahora el motivo para marcharse.

–Tal vez tu secreto no tiene que echarlo todo a perder.

–¿No?

–No te hagas la inocente ahora –dijo él riendo–. Ya sabes a lo que me refiero. Aún podemos casarnos.

–¿Incluso ahora que sabes la verdad?

–Es un bebé –repuso encogiéndose de hombros.

Podía criar al niño. Qué más daba si era su hijo biológico o no. Nunca había pensado en tener una familia, pero la idea le empezaba a resultar apetecible.

Y no podía negar que Lani también le resultaba apetecible. Valiente además de guapa, lo había arriesgado todo para contarle la verdad. Podía arriesgarse con una mujer como aquella si eso suponía ocupar el puesto que todos querían que ocupara.

–Estoy emocionada de ir a tener un bebé. Llevo años deseando tener uno. Es como un sueño hecho realidad… pero en un momento inadecuado.

A.J. quería preguntarle por qué había tardado tanto tiempo en concebir, pero se contuvo.

–No me asusta criar al hijo de mi hermano.

¿Y si se parecía a Vanu? A.J. apartó aquel incómodo pensamiento de su cabeza.

–¿El niño nunca se enteraría?

–Supongo que podríamos decírselo cuando tenga edad para comprenderlo, pero creo que sería mejor mantenerlo en secreto –opinó A.J.–. Cuando decidamos que ha llegado el momento de que se convierta en rey, puedo abdicar.

–Sí, entonces no habría necesidad de que nadie ni él lo supieran.

–Y no se traumatizará si se entera de adulto. Tiene más sentido.

A.J. se frotó las sienes. En una noche había decidido cambiar de vida y empezar una nueva. Ahora, también estaba dispuesto en convertirse en padre. Una maldición escapó de sus labios.

—¿Qué ocurre? –preguntó Lani alarmada.

—Estoy dispuesto a convertirme en padre y ni siquiera he disfrutado de tu cuerpo. Es una lástima.

Lani se sonrojó.

—Siento haberlo estropeado todo.

—Hiciste lo correcto. Ya habrá tiempo de ponernos al día, y espero que sin lágrimas –dijo y estudió su rostro–. Eso es si nos casamos.

Seguía teniendo dudas tanto en la cabeza como en el corazón. Todo había pasado muy deprisa. Cada decisión que tomaba, parecía una cuestión de vida o muerte.

—No voy a obligarte a hacer nada –dijo Lani con suavidad–. Nunca fue mi intención. Es tu decisión y ahora conoces todos los hechos.

A.J. respiró hondo y se irguió.

—Esta noche me he comprometido con Rahiri y contigo, y voy a mantener mi decisión. Tu coraje al decidir contarme la verdad demuestra que puedo confiar en ti como esposa.

Lani parpadeó, avergonzada por sus palabras. Sus mejillas seguían sonrosadas.

—No es bueno ser tan guapa.

—Eso es lo que me solía decir mi tía Freda. Decía que las chicas como yo podían acabar teniendo problemas.

—Y así ha sido –dijo él, y al ver su expresión, añadió–: Me refiero a formar parte de la familia real rahiriana. La vida de palacio no es comer bombones y que te abaniquen los criados todo el día.

–No, también están las fiestas y los banquetes. Es agotador –comentó ella bromeando.

Una sonrisa asomó a sus ojos.

–Suerte que ambos somos jóvenes y fuertes para soportarlo. Podemos seguir adelante con la boda. Tal vez incluso lo pasemos bien.

La mirada de Lani brilló en la tenue luz de la habitación. A.J. tomó una de sus manos y la apretó entre las suyas.

–Cuanto más te conozco, más me gustas.

Ella se mordió el labio.

–Tú a mí también me gustas. Por eso no podía engañarte.

Él frunció el ceño.

–La cuestión es si podemos engañar a los demás.

–No sé por qué eso no me importa. No es asunto de nadie de dónde venga este hijo. La verdad solo es importante entre tú y yo.

A.J. se quedó mirándola.

–Eso tiene sentido. Si nos casamos, el hijo es de los dos. Vanu ya no está aquí y no va a volver, así que nadie le está engañando. Criaremos al bebé con todo el amor y dedicación que se le debe dar a un hijo.

–Acabo de tener una idea –dijo ella mirándolo a los ojos–. ¿Y si tenemos más hijos y acabas queriendo que tu verdadero hijo herede el trono? Las cosas se podrían complicar.

A.J. se quedó mirándola unos segundos, tratando de entender su dilema. Luego sonrió.

–No soy un faraón egipcio con ansias de dominar el mundo. No tengo ningún interés en interferir en asuntos sucesorios que no sean ceder la corona al siguiente.

La sonrisa de Lani volvió a sus labios.

–Tenía que preguntarlo, pero te creo. No pareces de ese tipo.

«Al contrario que Vanu».

Aquel desagradable pensamiento interrumpió el buen ambiente que había vuelto a la habitación.

A.J. tomó la mano de Lani y la besó, tratando de borrar la imagen de Vanu de su cabeza. ¿Le perseguiría su cruel hermano mayor durante el resto de sus días?

Las manos de Lani, suaves y perfumadas, embriagaron sus sentidos. Ella suspiró al sentir sus labios.

No, Vanu no podía influir en su vida desde la tumba. Estaba muerto y A.J. tenía que olvidarse de él. Lani y él disfrutarían de un brillante futuro para ellos y su hijo.

Bajó las manos y la miró a los ojos. El misterio brillaba en aquella profundidad dorada. No sabía a dónde les llevaría aquel matrimonio, pero la aventura lo invitaba a subirse a bordo. La besó suavemente, rozando apenas sus labios.

Lani ladeó la cabeza y apretó la boca a la suya mientras cerraba los ojos. A.J. la rodeó con sus brazos por la cintura y la atrajo hacia él. Sus músculos se tensaron al hundirse en su suavidad. Ella suspiró y se retorció contra él. Esa vez la pasión fluía con naturalidad, no con la desesperación de antes.

A.J. deslizó las manos más abajo, acariciándola hasta llegar a sus largos muslos. Su cabeza se llenó de imágenes de aquellos muslos abrazándolo. Sintió los pezones erectos bajo el vestido y supo que también estaba excitada.

Apretó los puños deseando arrancarle aquella seda y dejar al descubierto su piel dorada, pero su intuición le dijo que esperara. Se separó unos centímetros y ella se alisó el vestido.

Lani acababa de quedarse viuda, estaba embarazada y era evidente que se sentía confusa por el extraño dilema al que se enfrentaba. Los hechos acaecidos esa noche eran capaces de alterar a cualquiera y no quería que se precipitaran con el sexo. Bueno, sí quería, pero eso complicaría las cosas.

Tenía que ser fuerte por los dos.

–Dormiré aquí en tu cama esta noche. Pero no haremos el amor.

Ella se sonrojó. ¿De alivio o de decepción? No importaba. Tal vez fuera la palabra «amor», tan extraña e inapropiada en aquellas circunstancias, la que los unía.

Cuando le hiciera el amor a Lani por primera vez, lo haría bien. Tenía el resto de su vida para disfrutar de su esposa y esa noche antepondría sus necesidades a las de él.

–Tú dormirás en este lado –dijo él apartando la sábana–. Y yo en el otro.

Capítulo Seis

Lani consiguió dormir unas horas. Era difícil relajarse cuando su vida no dejaba de cambiar drásticamente de un minuto a otro, sobre todo teniendo a su lado al hombre que le hacía perder el sentido y confundía sus pensamientos.

Su suegra no tenía ni idea de que le había hablado a A.J. del bebé o de que aquella revelación casi lo había hecho salir corriendo, pero no iba a contárselo.

En la mesa del desayuno, Priia sonrió, medio escondida detrás de una montaña de periódicos.

—¡Portada en todos!

Lani echó un vistazo al *Aipu Clarion*. Bajo el titular acerca del nuevo rey de Rahiri, había una noticia sobre una cabra nacida en una isla cercana que parecía tener poderes mágicos.

—¿Salimos en la portada del *New York Times*?

Priia sacudió la mano despectivamente, haciendo sonar sus brazaletes de oro.

—Probablemente ni siquiera se han despertado. Además, todos esos grandes periódicos prefieren dar malas noticias —dijo, y se echó hacia delante—. ¿Cómo te sientes?

—Bien —dijo Lani sirviéndose piña en el plato.

–¿No estás demasiado cansada después de anoche?

Lani tragó saliva y bajó la voz.

–Le he contado a A.J. lo del bebé.

–¿Cómo? –preguntó su suegra alarmada, mirando a su alrededor para comprobar que no hubiera criados que pudieran oírlas–. ¿Por qué?

–Era algo demasiado importante para ocultárselo a mi futuro marido –dijo sentándose junto a Priia–. Al principio se quedó sorprendido, pero se alegró de que se lo hubiera contado.

–¿Está dispuesto a seguir adelante con el matrimonio? –preguntó Priia hundiendo sus uñas impecables en el brazo de Lani.

–Tras hablarlo, se mostró de acuerdo.

Priia dejó escapar un largo suspiro.

–Gracias a Dios. Eres muy valiente o estás loca, no sé cuál de las dos cosas –dijo atusándose el pelo–. Claro que no me sorprende que esté dispuesto a hacer lo correcto.

Los músculos de Lani se tensaron. Todo parecía muy complicado.

–Está de acuerdo en mantener en secreto la paternidad del bebé para que pueda convertirse en rey.

–Perfecto –dijo Priia levantándose–. Es mejor de lo que esperaba. Eres un regalo, querida.

Besó a Lani en las mejillas y salió de la habitación.

Lani estaba comiendo un trozo de melón cuando A.J. entró. Su expresión era de cautela.

–No sé si he estado soñando toda la noche o si anoche hice un montón de promesas temerarias.

–La respuesta está en los periódicos –repuso Lani señalando el montón–. Si está en la portada de *The Napau Inquirer*, entonces tiene que ser verdad.

En la foto que acompañaba la noticia, tomada justo después del anuncio, se la veía con expresión de sorpresa y miedo. Con un poco de suerte, la gente pensaría que era emoción.

A.J. arqueó una ceja y luego frunció el ceño.

–El rey A.J. No suena mal, ¿verdad?

Ella se rio.

–La mitad de los nombres de Rahiri son impronunciables.

Un sirviente entró con el desayuno preferido de A.J.: dos tostadas francesas con beicon… y otro montón de periódicos.

A.J. tomó una revista y leyó la portada.

–«Una corona para el director de *El buscador de dragones*». Suena a novela barata –dijo sentándose en una silla–. Por extraño que parezca, esta mañana llevo bastante bien la corona –añadió ladeando la cabeza y mirándola con sus seductores ojos oscuros–. Quizá tenga algo que ver con la encantadora mujer que va con ella.

Sintió que el rostro le ardía mientras una sonrisa se dibujaba en sus labios. Al menos no habían hecho el amor la noche anterior. Habría sido demasiado pronto. La atracción que sentía hacia él era alarmante dadas las circunstancias.

El teléfono de A.J. sonó.

–Otra vez no. No dejan de acribillarme a llamadas desde antes del amanecer. La mayoría son de gente con la que trabajo. Tienen miedo de perder su trabajo.

Contestó y le dijo a quien fuera que tenía intención de acabar su próxima película, pero que en aquel momento no podía dar detalles.

Lani le sirvió té y esperó a que colgara.

–Diles que van a tener que mudarse a Rahiri.

–Sí. Quizá abra un estudio aquí y haga que todos esos ejecutivos estirados vengan a verme en vez de al revés.

–Tu madre siempre está intentando promocionar la industria del turismo.

–¿Qué industria del turismo?

–Cierto, pero quizá sea una buena oportunidad de poner a Rahiri en el mapa. Vuelos directos desde Londres y París, hoteles de cinco estrellas, visitas de celebridades…

–Que no empiece, te lo ruego –dijo A.J. reclinándose en la silla–. Cada cosa a su tiempo, aunque las posibilidades parecen infinitas ahora mismo, ¿verdad?

La prensa rodeó el palacio. Primero fueron los medios locales y luego los programas de entretenimiento de Los Ángeles, todos ellos intrigados por el playboy de Hollywood que iba a convertirse en rey.

Al principio, Priia envió un comunicado diciendo que la feliz pareja estaba ocupada, pero por la tarde, se hizo evidente la necesidad de convocar una rueda de prensa y se fijó para la mañana siguiente. Priia sugirió a Lani que se pusiera un vestido amarillo pálido con bordados y trató de convencer a A.J. de que se pusiera la colorida túnica ceremonial, pero finalmente se puso un traje de Armani.

–¡Qué pareja tan atractiva! –exclamó–. Todo el mundo quiere fotos y van a tenerlas.

–Estoy seguro de que también buscan trapos sucios –murmuró A.J.

Lani había intentado ignorar el mismo pensamiento. Las noticias felices no vendían tanto como las tragedias.

–Mantén la barbilla alta y recuerda con orgullo la historia de nuestra isla –dijo Priia acariciándole la mejilla a su hijo.

–Gracias por el consejo, mamá.

A.J. miró con picardía a Lani, que se había dado cuenta de que, aunque nunca le negaba nada a su madre, al final hacía lo que quería.

–Y Lani, si te preguntan mucho, di que todavía estás de duelo. No permitas que te molesten.

Lani tragó saliva. Seguramente, A.J. sería el que más hablara.

La secretaria personal de Priia asomó la cabeza por la puerta.

–Están esperando en el porche. Les están sirviendo té y estrellas de coco como sugirió.

–Maravilloso –dijo Priia y unió sus manos–. Estarán de buen humor. Vamos, queridos. Dejemos que conozcan a la nueva familia real de Rahiri.

Salieron al porche y Lani se quedó de piedra al ver a toda la gente que se había congregado allí. Al menos eran cincuenta personas, muchas de ellas con cámaras. Se empezaron a oír las voces de los periodistas que hacían sus conexiones en directo, mientras A.J. y Lani se sentaban bajo los focos.

Los micrófonos se acercaron a ellos.

–A.J., ¿qué se siente al casarse con la esposa de su hermano?

Lani palideció. A.J. se acomodó en el asiento, seguro y relajado.

–No lo sé. Todavía no nos hemos casado.

–Deja muchas mujeres en Los Ángeles con el corazón roto. ¿Cree estar preparado para sentar la cabeza?

–Por supuesto.

–Es comprensible –comentó una reportera–. Su prometida es espectacular –dijo y dirigió su micrófono a Lani–. ¿Qué se siente al tomar un nuevo esposo cuando apenas se ha tenido tiempo de superar la pérdida del primero?

Lani carraspeó.

–Es la tradición.

–Sí, claro, pero en pleno siglo XXI, algunas tradiciones parecen algo anticuadas.

A.J. le apretó la mano.

–Nadie nos obliga a Lani y a mí a casarnos. Estamos encantados de mantener unida a la familia de la manera que eligieron nuestros antepasados.

–Entonces, queremos un beso –pidió un reportero de acento británico.

Lani se encogió en su silla. ¿De verdad esperaban que dieran un espectáculo ante las cámaras?

–Por favor, no ofendan a mi prometida. Y dennos la oportunidad de llevar la relación a nuestro ritmo.

–Le deben de estar presionando para dar un heredero a la corona, puesto que su hermano no lo hizo.

Lani tragó saliva.

–En absoluto. Somos jóvenes y fuertes, y estaremos juntos mucho tiempo.

–Princesa Lani, ¿no le preocupa que el cuerpo de Vanu no haya aparecido? –preguntó una joven periodista poniéndole delante el micrófono.

–He aceptado el hecho de que puede que nunca se encuentre. Se ha buscado su barco, pero no se ha encontrado ni rastro. El océano es profundo y tiene sus secretos.

Nunca confesaría a nadie el alivio que había sentido con la desaparición de Vanu.

Los periodistas se congregaron durante todo el día alrededor del palacio, a la espera de conseguir alguna foto romántica de la pareja. La fama de A.J. había hecho que la noticia tuviera mucha repercusión e Internet se había llenado de comentarios y especulaciones sobre aquel matrimonio de conveniencia. Una vez que las fotos de Lani llegaron a los medios de comunicación, el interés había aumentado a la vista de lo guapa que era.

Lani se asomó tras la persiana de madera.

—¿Crees que podremos volver a salir sin ser fotografiados?

—Con el tiempo perderán interés —dijo A.J. mientras escribía un mensaje de texto en su teléfono.

—¿Qué vas a hacer con la película que se supone que tienes que editar en un par de semanas?

Había muchas cosas de las que todavía no habían hablado. ¿Tenía pensado continuar su carrera en Hollywood y reinar en Rahiri al mismo tiempo?

—El editor puede empezar a trabajar sin mí. Tiene todo lo necesario y podemos mantener videoconferencias. Según avancen las cosas, ya iremos viendo. Firmé el contrato y nunca eludo un compromiso.

—Por eso estás aquí —dijo Lani levantando la mirada.

A.J. parecía muy fuerte, incluso invencible. ¿Habría pensado ya en todo? Estaba claro que intentaba hacer lo correcto, pero ¿estaría preparado para dejar las emociones y diversiones de su vida en Los Ángeles?

No pudo evitar pensar en aquellas bellezas a

las que había roto el corazón. ¿A quién estaba escribiendo? De repente se sintió celosa. Se puso de pie y paseó por la habitación.

A.J. la miró.

–Yo también estoy cansado. Vámonos a dar un paseo.

–¿Con ese ejército de periodistas siguiéndonos?

Él se levantó. Estaba muy guapo con una camisa blanca y unos pantalones de lino.

–Los esquivaremos –dijo, y le guiñó un ojo–. Sígueme.

La tomó de la mano y la condujo por los pasillos hasta el ala este.

–¿No nos dirigimos hacia ellos?

–Sí, pero no nos verán.

Abrió una puerta que Lani siempre había pensado que era un armario y entraron en la oscuridad. Su mano se aferró a la suya mientras lo seguía.

–Ten cuidado. Hay unos escalones.

Su corazón latía cada vez más fuerte mientras bajaba la extraña escalera detrás de él.

–¿No hay luz? –dijo, preguntándose dónde acabaría la escalera.

–Creo que no, pero ya casi hemos llegado.

–¿Dónde?

A.J. sonrió.

–A ninguna parte.

Los escalones terminaron y sus sandalias resonaron contra el suelo de piedra.

–¿Qué sitio es este?

Unos pequeños puntos de luz sobre sus cabezas, como agujeros en el techo, iluminaban aquella gran estancia. La temperatura era fresca, unos diez grados menos de la habitual a mediodía en el palacio.

–Sé lo mismo que tú. Nadie lo ha usado en años. Por aquí solíamos escaparnos del palacio Vanu y yo.

Una sensación de frío y miedo se apoderó de ella y miró por detrás de su hombro. Podía imaginarse el fantasma de Vanu recorriendo aquella zona subterránea.

Eso si estaba muerto. No había dejado de dar vueltas a la pregunta de la periodista. Sí, le inquietaba que no hubieran encontrado el cuerpo. ¿Cómo no iba a inquietarle? A veces le daba la sensación de que estaba en todas partes y oía su voz fría criticando todo lo que hacía.

Apretó la cálida y fuerte mano de A.J.

–¿Adónde va a parar?

–No te lo creerías si te lo dijera.

Sus zapatos resonaban en los mosaicos de piedra mientras seguían alejándose del palacio. La estancia volvió a estrecharse hasta convertirse en un pasillo. Un sonido atronador aumentaba según avanzaban y Lani se asustó.

Miró a A.J. y vio su sonrisa bajo la débil luz que se filtraba desde arriba. Los pequeños puntos de luz fueron disminuyendo hasta que el pasillo se quedó prácticamente a oscuras y el rugido resonaba como el metro de Nueva York. Si A.J. no la hubiera precedido, habría dado media vuelta para regresar al palacio. Doblaron una esquina y se encontraron con un rayo de luz dorado que se filtraba por entre dos puertas. A.J. abrió las puertas y salieron al sol cegador.

Mientras sus ojos se adaptaban a la luz, Lani se dio cuenta de que aquel sonido provenía de una cascada. Estaba ante un torrente de agua que descendía desde una colina.

Lani se quedó mirando la cortina de agua. Pequeñas gotas salpicaron su rostro y sus brazos.

—Es preciosa —dijo gritando para hacerse oír—. Solo la había visto desde arriba.

—Vayamos a un lugar más tranquilo —murmuró A.J. junto a su oído.

Su cálido aliento la hizo estremecerse. Sin soltarse de la mano, rodearon el saliente de una roca y luego bajaron una colina cubierta de enredaderas. La tranquilidad del bosque fue imponiéndose poco a poco al sonido del agua contra las rocas.

—Ahora puedo respirar —dijo A.J. estirándose y miró hacia el sol, que se colaba entre los árboles—. No me gusta vivir en un escaparate.

—Pensé que estarías acostumbrado al vivir en Los Ángeles.

—Eso es lo que parece cuando vas a tantos sitios, pero no me siguen a casa. No soy tan interesante —dijo sonriendo.

—Al parecer, eres lo suficientemente interesante como para justificar los gastos en viajes de todos esos periodistas.

–No todos los días un director de cine se convierte en rey –dijo acariciándole la mejilla–, y se casa con la esposa de su hermano.

–Y ni siquiera saben lo del bebé. Eso sería una tremenda historia.

–Una razón más para mantenerlo en secreto. Todo el mundo tiene derecho a guardar secretos –repuso él acariciándole la espalda.

El olor de su piel, masculino y seductor, llenó sus sentidos. Sus labios rozaron lentamente los suyos, antes de fundirse.

Lani sintió que su temperatura aumentaba mientras el beso se hacía más intenso. Sus manos se aferraban al suave algodón de la camisa de A.J. Probablemente no debería sentir deseo dadas las circunstancias, pero palpitaba en ella con fuerza.

Quizá, todos aquellos años de deseo reprimido, todos los rechazos que había vivido en su primer matrimonio, la habían dejado ansiosa.

Se estrechó contra A.J., sintiendo su cuerpo amoldarse a su pecho. Él gimió y sus manos bajaron a su trasero. Su miembro se puso erecto mientras la excitación crecía entre ellos como si de una corriente eléctrica se tratara.

–Me atraes mucho –murmuró ella cuando sus labios se separaron.

A.J. se rio.

–Ya lo veo –dijo dándole otro beso en los labios húmedos–. Me gusta que estés excitada de verdad, no que pretendas llevarme a la cama para seguir un plan enrevesado.

–Lo siento –dijo Lani sonrojándose.

–No lo sientas. Esto lo compensa –dijo acariciándole un pezón–. Adentrémonos un poco más en la vegetación. Si no ha cambiado mucho, recuerdo que hay una zona tranquila.

La guió entre las enredaderas y las palmeras hasta que llegaron bajo una enorme higuera. Sus grandes hojas creaban una zona umbría bajo la que se extendía una mullida alfombra de hierba salpicada de pequeñas flores blancas. A.J. le indicó que se sentara.

Ella se acomodó y A.J. se colocó a su lado.

–Es un sitio perfecto.

Alrededor había ramas retorcidas que parecían brazos protegiéndolos.

–Solía escaparme para venir aquí. Me subía a un árbol y me escondía entre sus ramas. Nadie supo nunca de mi escondite –dijo A.J., y la besó en el lóbulo de la oreja–. Creo que he encontrado una de tus zonas erógenas.

Ella se rio y gimió al sentir de nuevo su cálido aliento en la oreja.

–¿Cómo lo has hecho?

–¿Te refieres a esto? –preguntó él, y volvió a deslizar la punta de la lengua por su cuello, justo debajo de la oreja.

Ella se estremeció ante la repentina explosión de calor en el vientre.

–A eso también –dijo jadeando–. ¿Qué está pasando?

A.J. dibujó una sonrisa en sus labios sensuales.

–Se llama excitación –dijo con el ceño fruncido–. ¿No te suena?

–No.

Nunca había conocido aquella sensación de calor que palpitaba en lugares inesperados de su cuerpo. Debía de estar sorprendido de que una mujer casada fuera tan… ignorante.

–Nunca antes lo había sentido. Todo era tan… formal…

Tragó saliva. Era una curiosa manera de describir su vida sexual. Lo cierto era que había sido inexistente. Vanu nunca había dedicado un solo segundo a acariciar su cuerpo solo por placer.

Perdió el rumbo de sus pensamientos cuando A.J. empezó a besarla por el cuello. Se frotó contra él, disfrutando de la extraña sensación que se había apoderado de ella. A.J. le desabrochó el vestido y deslizó las manos por debajo. Cuando sus manos rozaron su vientre, sus músculos se contrajeron.

–Eres muy sensible, muy receptiva.

Colocándose detrás de ella, le deslizó el vestido por los hombros hasta las caderas. Luego tiró del fajín que complementaba el atuendo típico que se había puesto para la sesión de fotos y que le había servido para disimular su embarazo. La seda cedió y el vestido cayó por sus muslos.

–Qué detalle por tu parte traer una manta

–dijo A.J. extendiendo la bonita tela azul y amarilla sobre el suelo–. El vestido típico de Rahiri tiene su parte buena. Y yo que pensaba que estaba anticuado…

Lani se rio.

–Creo que nuestros antepasados sabían más de lo que pensamos.

Se tumbó sobre la seda, acomodándose a la sombra del árbol. Sorprendentemente, no se sentía cohibida. Había algo en A.J. que la hacía sentirse cómoda con él.

A.J. deslizó los dedos por el interior de su muslo, dejando una estela de excitación en su piel. Ella soltó un suspiro, que A.J. contestó con una sonrisa traviesa.

De repente, Lani quiso acariciar su cuerpo. Le desabrochó la camisa y deslizó una mano por debajo. Su piel estaba caliente y sus músculos duros y firmes. Deslizó las uñas por su pecho en dirección a su cintura. A.J. se encogió, con los ojos medio cerrados, cuando sintió que se acercaba al botón de sus pantalones. Una sonrisa se dibujó en los labios de Lani al ver la evidencia de su excitación bajo la cremallera. Bajó un poco más la mano hasta que sus nudillos rozaron su erección. A juzgar por su lánguida sonrisa, A.J. disfrutaba con sus atenciones. Animada por su sensual sonrisa, desabrochó el botón y bajó la cremallera de su pantalón. Ambos se quitaron la ropa interior a la vez y quedaron tendidos desnudos sobre el colorido fajín de Lani a modo de manta.

El peculiar olor de la selva se mezclaba con el aroma masculino de A.J., creando un cóctel embriagador.

Su cuerpo musculoso era un placer para la vista. Lani se acercó a él hasta que sus pechos chocaron suavemente. Luego, recorrió la piel de sus muslos y de su vientre. Una mezcla de excitación, euforia y vergüenza la asaltaba cada vez que sus dedos se acercaban a su miembro. Cuando por fin tuvo el coraje de tocarlo y disfrutar de la sensación de toda aquella rígida pasión en su mano, a punto estuvo de gritar de alivio.

Sus dedos vibraron de excitación al explorar aquella forma extensa y dura. Nunca antes había tocado aquella parte del cuerpo. Vanu nunca le había dado la oportunidad de hacerlo.

–Ni siquiera estoy dentro de ti y ya te has quedado sin respiración.

–Mira quién fue a hablar.

Por un lado, Lani se moría por sentirlo dentro de ella. Por otro, disfrutaba de la tensión de la espera. Acarició con el dedo índice el interior del muslo de A.J. y sonrió cuando un gemido escapó de su pecho.

–Me estás matando.

–Pero poco a poco –susurró ella junto a la cálida piel de su cuello.

Su reacción aumentó su deseo. Su piel sabía salada y dejó que su lengua explorara el borde de su mentón antes de probar sus labios.

El beso se volvió más intenso al unir sus cuerpos. Al rozar Lani la erección de A.J., sintió un pellizco de aprensión. Era tan… grande. A diferencia de Vanu. ¿Y si le dolía?

–¿En qué estás pensando?

Abrió los ojos y se encontró con los de A.J. fijos en ella. Una expresión divertida iluminó su rostro.

–En nada.

–Eso es lo que esperaba, pero tu expresión no deja de cambiar.

–Supongo que estoy un poco nerviosa –dijo, y se mordió el labio–. No tengo… experiencia. No quiero fallarte.

–¿Fallarme? El único modo en que podrías hacerlo sería levantándote y marchándote. Deja de preocuparte. De hecho, voy a borrar todos los pensamientos de tu cabeza.

En cuestión de segundos, su boca estaba entre sus piernas. Lani jadeó sorprendida cuando empezó a chuparla y una dulce excitación se extendió por su cuerpo. Una y otra vez pasó la lengua por su punto más sensible, lo que provocó que sus músculos se retorcieran de una manera alarmante. Se aferró al suave tejido de su fajín y luego a la cabeza y los hombros de A.J. mientras la introducía a un mundo misterioso de intensas sensaciones y placeres excitantes.

Lani gritó cuando una fuerte oleada de sacudidas la invadió. Se dio cuenta de que se había aferrado a su pelo y lo soltó. Luego lo acarició mientras otra marea de emociones la inundaba.

Las manos de A.J. la recorrieron, deteniéndose en su cintura y en sus pechos mientras se colocaba a su lado.

—Mucho mejor —dijo ella encontrándose con su mirada oscura.

Su sonrisa traviesa hizo que la pasión enfebrecida que sentía aumentara.

—Penétrame, por favor.

Él sonrió.

Ella se estremeció excitada, mientras él la besaba por la cara y el cuello.

Lani gimió, a punto de gritar por la manera en que la estaba torturando. Luego arqueó las caderas, suplicándole con el cuerpo. Podía sentir los latidos de su corazón, fuertes e insistentes como los suyos. Su olor masculino aumentaba su tormento. Estaba tan excitado como ella. ¿Iba a torturarla para siempre?

La penetró lentamente, primero con sus dedos. Cuando decidió que estaba lista, acercó la punta de su miembro y Lani ahogó un grito en sus labios.

Clavó los dedos en su espalda, pidiéndole inconscientemente que la penetrara. A.J. se hundió en ella y una sensación de calidez y placer la asaltó. Sus gemidos resonaron en sus oídos al empezar a moverse. Ella se arqueó contra él, dándole la bienvenida a su cuerpo y a su vida.

«Te quiero».

Deseaba decírselo, pero algo evitó que lo hiciera.

Era demasiado pronto para el amor y las circunstancias eran demasiado extrañas. No quería parecer desesperada, como si deseara que la amara.

Y quizá fuera pura locura, la deliciosa sensación que le provocaban las embestidas de A.J.

Él tiró de ella hasta que la hizo sentarse, con las piernas entrelazadas, frente a frente, sin dejar de penetrarla. Era una posición perfecta para besarse.

Cuando los besos amenazaron con llevarla al límite, A.J. se tumbó de espaldas haciéndola colocarse encima de él. Ella se alarmó. Se suponía que sabía lo que estaba haciendo, pero no tenía ni idea.

—Haz lo que te apetezca —murmuró él como si hubiese adivinado sus pensamientos.

Lani deslizó un dedo por el centro de su pecho, con los ojos entreabiertos para disfrutar de la vista. Después se contoneó y sintió que A.J. se movía en su interior. Ambos sonrieron a la vez.

—No hay ninguna duda de que esto nos gusta.

Con los ojos cerrados de nuevo, Lani empezó a moverse, sorprendida por el placer que aquella postura le proporcionaba. Empezó a agitarse cada vez más rápido, experimentando con ritmos diferentes. Debajo de ella, A.J. gemía, recorriendo con las manos cada centímetro de su piel.

—Vamos —dijo A.J.

¿Sería capaz? Algo en su interior la obligaba a

contenerse. Nunca antes había experimentado aquella excitación. Estaba al borde de algo grandioso y eso la asustaba.

–Te gustará, te lo prometo.

Al vivir en el palacio, se había acostumbrado a estar siempre de guardia, siempre preparada y lista para cualquier cosa. La expresión «dejarse llevar» había dejado de formar parte de su vocabulario.

Un pájaro cantó sobre sus cabezas y una suave brisa acarició su piel. Casi se le había olvidado que estaban en la selva. Al parecer, ya se estaba dejando llevar.

Aceleró el ritmo y A.J. la acompañó con sus manos. Sus zonas erógenas cada vez estaban más sensibles y la tensión de su interior empezó a acumularse hasta que estuvo al rojo vivo.

Algo en su cabeza le decía que frenara, pero su cuerpo le urgía a seguir. Continuó agitándose con más urgencia cada vez, hasta que de repente todo pareció estallar en un millón de pedazos.

Lani se derrumbó sobre el pecho de A.J. Con la respiración entrecortada, él la envolvió en sus brazos y se quedaron observando las estrellas.

–¿Ves a lo que me refiero? –preguntó A.J. después de un rato.

Ella asintió, incapaz de pronunciar palabra. Nunca se había imaginado que el sexo podía ser así. Sus experiencias previas habían sido tan tensas, tan forzadas que no las había disfrutado, aunque había fingido que sí.

Con A.J. todo era completamente diferente. Al menos, eso le parecía.

–¿Lo has pasado bien tú también?

–¿Tú qué crees? –dijo A.J. sonriendo.

–Ahora mismo soy incapaz de pensar.

–Bien.

A.J. disfrutaba teniéndola entre sus brazos. Relajada, Lani se acomodó sobre él como si fuera un colchón gigante. Era sorprendente que una fiera viviera bajo aquella fachada cándida. Por la manera en que lo había besado aquella primera vez, debería haberlo adivinado.

–¿De qué te ríes?

Lani parecía feliz, lo cual le llenaba de satisfacción.

–De cómo mi vida está llena de sorpresas –contestó él acariciándole el pelo.

¿Quién se habría imaginado que volvería a Rahiri para sentar la cabeza? Lo cierto era que Vanu había sido la razón por la que se había marchado. Inteligente y encantador cuando quería, había sabido manejar a sus padres a su antojo.

A.J. lo recordaba muy bien. Había empleado su ingenio para culpar a A.J. de todo, por lo que siempre había tenido problemas.

Pero ahora Vanu ya no estaba. Y con la suerte de que había dejado a una esposa encantadora necesitada de un nuevo marido. Vanu debía de haber mostrado su lado encantador a Lani. Probablemente nunca había conocido su lado oscuro. ¿Para qué estropear sus recuerdos? Decidió no comentárselo.

–Solo quedan siete meses para que nazca nuestro bebé –dijo él acariciándole la mejilla a Lani.

–No es mucho.

–Dímelo a mí. ¿Has pensado algún nombre?

Todavía estaba haciéndose a la idea de que iba a convertirse en padre.

–Todavía no, pero ya se me ocurrirá –contestó ella, y se quedó mirando el cielo–. Puaiti.

–Pequeña flor. Pero ¿y si es un niño?

–¿Por qué no puede ser un niño una flor? –preguntó ella arqueando una ceja.

–Tienes razón. ¿Cómo se siente Puaiti?

Lani cerró los ojos unos segundos y se llevó las manos al vientre.

–No oigo ninguna queja.

–¿Sientes patadas?

–Todavía no. Creo que para eso faltan unas cuantas semanas. No siento ninguna diferencia, excepto cuando me encuentro mal –dijo, y lo miró–. ¿Sabes una cosa? Desde que te conté lo del bebé, no he vuelto a tener náuseas.

–Tal vez Puaiti pensaba que tenía que hacerte sentir mal para que te dieras cuenta de que estaba ahí.

–Es posible –convino Lani, y se quedó mirándolo–. ¿Quieres conocer su sexo antes de que nazca?

–No lo sé –contestó acariciándole la mejilla–. Me estoy acostumbrando a tener sorpresas y empieza a gustarme. ¿Prefieres niño o niña?

Lani sacudió la cabeza y sonrió.

–No me importa. Hace mucho tiempo que deseo tener un hijo y tu madre va a disfrutar de tener un nieto al que mimar.

El sonido de un crujido los hizo incorporarse.

–¿Qué ha sido eso?

A.J. miró entre las hojas. Aunque hacía mucho tiempo que no había estado allí, no recordaba que hubiera animales lo suficientemente grandes como para hacer ese ruido.

–No lo sé –contestó Lani recogiendo su vestido–. Será mejor que nos vistamos.

A.J. se puso la camisa y los pantalones, y luego ayudó a Lani a enrollarse el fajín en su todavía estrecha cintura. Los crujidos seguían oyéndose a lo lejos.

–¿Eso ha sido una voz? –susurró Lani, alarmada.

A.J. prestó atención. Era difícil distinguir sonidos entre los de la selva, con todos aquellos insectos, pájaros y chasquidos de las hojas. De pronto, volvió a oírlo.

–Es un hombre hablando. ¿Qué iba a hacer alguien aquí?

–Tal vez los periodistas han empezado a husmear en busca de escándalos.

–Si nos encuentran lo tendrán –dijo Lani estirándose el vestido nerviosa–. Todavía no nos hemos casado.

–Será mejor que volvamos por el pasadizo –declaró A.J. tomando la mano de Lani y encaminándose hacia la cascada.

No quería que un estúpido la molestara por unas fotografías.

Subieron una loma y desde arriba volvieron a oír la voz y se giraron para mirar por entre los árboles. Era imposible ver a alguien entre aquella frondosidad, pero sus palabras se escucharon claramente.

–Dicen que salió a navegar una noche.

A.J. se quedó de piedra. Estaban hablando de Vanu. ¿Estarían buscando su cuerpo?

Lani parecía no haberlo escuchado. Estaba distraída ajustándose una sandalia.

–Pero ¿y si no se subió al barco? ¿Y si vino aquí y se perdió?

A.J. no quería que Lani escuchara aquellas estúpidas especulaciones.

–¿Estás bien?

–Sí –contestó ella sonriendo.

Siguieron subiendo la loma hasta que el rugido del agua enmudeció el resto de los sonidos.

Una sensación de intranquilidad se apoderó de él. De pronto, todos aquellos curiosos estaban peinando la selva y dejando sus huellas en las playas. ¿Y si encontraban algo? ¿Y si resultaba que daban con algo que nadie esperaba?

Capítulo Siete

–¡Gracias a Dios que habéis vuelto! –exclamó Priia levantándose de su sillón de terciopelo.

Los sirvientes condujeron a A.J. y a Lani al estudio en cuanto los vieron volver al palacio.

A A.J. le latía el corazón con fuerza. Algo no iba bien y no sabía qué era.

–¿Qué ocurre?

–Nos acaba de llamar un periodista diciendo que ha encontrado el barco de Vanu.

Lani se quedó de piedra.

–¿Dónde está?

Priia se secó los ojos con un pañuelo húmedo.

–En un pequeño atolón situado al noroeste, el que llaman Egg Island.

A.J. se pasó una mano por el pelo.

–¿Han encontrado a Vanu?

Su madre sacudió la cabeza.

–Hasta ahora no hay ni rastro de él.

A.J. miró a Lani. Sus manos temblaban y se llevó una a la boca.

–Así que podría estar vivo –dijo A.J.

–Sí, es posible –repuso Priia–. El atolón es pequeño, pero tiene muchos árboles. Hay mucha comida y se puede sobrevivir.

El miedo se apoderó de A.J. ¿Era posible que Vanu estuviera escondido en un bosque?

Lani había empezado a llorar. Probablemente fuera de alegría de que su marido estuviera vivo.

–Tenemos que mandar a un equipo de búsqueda –dijo A.J. sintiendo un sabor amargo en la boca.

–Están a punto de partir. El departamento de bomberos y el servicio de salvamento marítimo van a participar. Y, por supuesto, los periodistas –dijo Priia, y se llevó el pañuelo a la nariz–. Quizá sea demasiado optimista, pero tal vez estemos a punto de volver a verlo.

Lani se acercó a Priia y la rodeó con sus brazos. A A.J. se le encogió el corazón ante aquella muestra de cariño. Atenta y encantadora, Lani era demasiado buena para Vanu. La ira se apoderó de su pecho, junto a los celos. ¿Volvería Vanu de la tumba para tomar a Lani en sus brazos?

Sí, aquella sería una situación en la que Vanu disfrutaría mucho.

–¿Buscaron en Egg Island cuando desapareció?

No podía entender que el barco de Vanu apareciera después de tanto tiempo.

Priia levantó la mirada.

–Es un bosque muy denso y tiene muchas cuevas. El barco navegó a la deriva hasta llegar a una caverna que queda oculta cuando hay marea alta

–dijo, y sollozó–. No va a ser fácil encontrarlo con vida, pero tenemos que ser optimistas.

Unos golpes en la puerta los sobresaltaron.

–Pase –dijo Priia.

Un criado entró e inclinó ligeramente la cabeza.

–Los periodistas están esperando una declaración.

–Oh, Dios mío. A.J., ¿puedes decirles algo?

–¿El qué? No sabemos más que ellos. Seguramente, menos.

El hombre pareció encogerse y se quedó mirando al suelo.

–Quieren saber cómo afecta esto a los planes de boda.

Lani ocultó el rostro.

–Quedan cancelados. Lani no puede pensar en volver a casarse mientras haya posibilidades de que su marido esté vivo –declaró A.J. con crudeza.

¿Y qué pasaba con el bebé que había empezado a considerar como suyo? Vanu lo reclamaría, al fin y al cabo, era suyo y de Lani.

A.J. maldijo para sus adentros. Hacía un rato había hecho el amor con Lani, envueltos en la calidez de la selva y deseando compartir un futuro feliz con su nueva familia.

En ese momento, veía que ese futuro se evaporaba como la niebla de la selva.

–¿Han encontrado algo que evidencie que pudo sobrevivir? –preguntó A.J. al criado.

–Han encontrado huellas saliendo de una cueva. Así que parece que se marchó de allí.

Lani gimió y las lágrimas empezaron a correr por sus mejillas.

A.J. trató de contener la furia que crecía en su interior. Era evidente que Lani estaba angustiada y que tenía esperanzas de que Vanu siguiera con vida.

Sí, le dolía, especialmente después de haber sentido una profunda conexión con ella al hacer el amor.

–Iré con el equipo de búsqueda. Manteneos alejadas de la prensa hasta que sepamos algo más –dijo, y se marchó de la habitación, incapaz de mirar a Lani.

A.J. soltó una maldición por haberse visto arrastrado a aquella pesadilla. ¿Cómo había pasado de querer marcharse cuanto antes a odiar tener que irse?

Volvió tarde aquella noche, cansado de recorrer la selva. Se sentía mal por desear que apareciera el cuerpo y no Vanu con vida. Hasta el momento, no habían encontrado nada y la búsqueda se retomaría a la mañana siguiente.

Ninguno habló demasiado durante la cena y Priia se retiró pronto, achacándolo a un dolor de cabeza.

Lani parecía muy tensa y evitaba su mirada. Probablemente se sintiera culpable por haber hecho el amor con otro hombre mientras que su marido podía seguir con vida.

—No es culpa tuya —murmuró él—. No tenías ni idea de que podía estar ahí fuera.

—Lo sé. Nadie podía saberlo.

—El jefe de bomberos piensa que está vivo —dijo A.J., y estudió su rostro—. Han encontrado restos de una fogata en otra cueva. Parece que alguien estuvo viviendo allí.

—Eso es maravilloso. Sería un milagro que hubiera sobrevivido tanto tiempo.

La voz de Lani sonó hueca.

—Nunca le gustó estar al aire libre —dijo A.J. frunciendo el ceño.

Le costaba imaginarse a Vanu buscando moras para comer y mucho menos haciendo un fuego. Siempre había necesitado un amplio séquito para vestirse cada mañana.

—Pero supongo que todo es posible. La gente actúa de forma diferente en una situación de vida o muerte.

—Sí —dijo Lani enderezándose en su asiento.

En ese momento, ni siquiera se le pasaba por la cabeza acariciarla. Era extraño. ¡Con lo mucho que había disfrutado acariciando su cuerpo unas horas antes!

Su vida no dejaba de dar vueltas. Esa misma tarde lo habían llamado de Los Ángeles para preguntarle si, debido al cambio de circunstancias, volvería para supervisar la edición de *Hellcat*. Había respondido con sinceridad al decir que no lo sabía.

La tenue luz del comedor hacía destacar los mechones dorados del brillante pelo de Lani. Tal vez pronto, Vanu volviera a acariciarlo con sus dedos. A.J. contuvo una sensación de repulsa.

–¿Cómo te encuentras? Supongo que esta tensión debe de ser insoportable estando embarazada.

–Estoy bien –dijo mirándolo con sus ojos de color miel.

A.J. maldijo la explosión de deseo que lo sacudió.

–Debe de ser desconcertante encontrarse de esta manera entre dos hombres.

Sus palabras sonaron crueles y quizá eso fuera lo que pretendía. El dolor tensó sus músculos y endureció su corazón.

Lani se estremeció y un gemido escapó de sus labios.

–Es terrible.

A.J. se moría por tomar sus manos entre las suyas. Pero eso solo hubiera aumentado su tormento.

–Nadie sabrá nunca lo que ha pasado hoy entre nosotros. Será otro secreto que guardaremos.

Lani asintió y unas lágrimas asomaron en sus ojos.

–Sí. No se lo diré a nadie, especialmente a Vanu.

A.J. se revolvió ante la idea de que volviera a compartir intimidad con Vanu. En tan poco tiempo había desarrollado sentimientos profundos hacia Lani. Nunca antes había sentido nada igual en todos sus años de aventuras con el sexo opuesto.

Y el bebé. Su repulsa inicial se había transformado enseguida en la firme convicción de que podía querer a aquel niño como si fuera suyo. Se había preparado para fingir que el sueño de la perfecta familia real se hacía realidad.

Alzó la mirada y vio el delicado perfil de Lani mientras miraba por la ventana. Tenía que reconfortar y apoyar a aquella mujer mientras ella rezaba para que su marido apareciera vivo.

Sintió una sacudida de dolor y respiró el aire húmedo de la noche.

Había pasado su infancia a la sombra de su hermano y ahora se alargaba desde la tumba para arrastrarlo hasta la oscuridad de nuevo.

Lani no lo amaba. Sus únicos sentimientos hacia él eran de obligación y de un inesperado deseo. Había sido lo suficientemente estúpido como para pensar que había más.

No volvería a cometer ese error de nuevo.

Lani no dejó de dar vueltas por su habitación en toda la mañana. Los equipos de búsqueda habían vuelto a salir por segundo día, peinando la selva del atolón.

Odiaba la manera en que se referían a la búsqueda de Vanu como si fueran a encontrarlo en una playa, esperando a que lo llevaran de vuelta a casa. Nadie mencionaba la posibilidad de encontrar un cadáver. A Priia no le gustaría escucharlo. Para ella, su hijo estaba sano y salvo y en breve lo tendría a su lado.

Lani sabía que estaba condenada al fuego eterno por desear lo contrario. ¿Cómo podía desear que alguien estuviera muerto? Solo una persona malvada pensaría así. No era la mujer inocente con la que A.J. la había confundido al principio. Se había entregado a él sin reservas y ya no podía achacarlo al sentido del deber. No había hecho nada por ocultar el placer carnal que le había proporcionado.

Suspiró. Todo había sido perfecto durante unas cuantas horas. Ahora volvía a estar atrapada en la red de fingimiento y dolor que había sido su matrimonio con Vanu. Había tenido que fingir que era feliz mientras en su interior deseaba la libertad.

Unos golpes en la puerta la sobresaltaron.

—La cena está lista.

La doncella entró y salió tímidamente. Nadie se atrevía a mirarla a la cara desde que el barco de Vanu había sido encontrado. Todos se habían alegrado mucho con el anuncio de la boda y el regreso de A.J. a Rahiri, pero ahora tenían que mostrarse aún más contentos con la posible aparición de Vanu con vida.

Nadie sabía qué pensar o cómo comportarse, y menos aún Lani. A.J. la estaba ignorando. Se daba cuenta de que estaba en una situación incómoda, pero le entristecía sentir que de repente no podía hablar con él.

Avanzó lentamente por el pasillo. No tenía ganas de comer y tenía miedo de recibir noticias sobre la milagrosa aparición de Vanu.

Cuando llegó al comedor, se encontró a Priia sentada en su silla habitual, sollozando, mientras A.J. la envolvía en sus brazos.

Los sirvientes bajaron la cabeza al pasar junto a ellos.

—Han encontrado el cuerpo —susurró A.J. mirándola, antes de desviar la vista.

Una sensación de alivio la recorrió.

—Oh, no —consiguió decir, mostrándose apesadumbrada.

Empezaron a temblarle las manos y su corazón latió con fuerza. Deseaba dar saltos de alegría. Había pasado mucho miedo temiendo volver a ser el juguete de Vanu. Unas lágrimas de alegría asomaron a sus ojos y dejó que rodaran por sus mejillas.

Se contuvo para no preguntar detalles. Lo que importaba era que estaba muerto y ya no volvería.

A.J. vio sus lágrimas y apartó la mirada. Priia lloraba desconsolada, como había hecho los primeros días de la desaparición de Vanu.

—Lo siento —murmuró Lani, apretándole la mano a Priia—. Esperábamos un milagro.

Sus lágrimas cayeron sobre el regazo de su

suegra, mezclándose con las de Priia, a pesar de que cada una tenía sus motivos.

–Al menos tendremos ese niño –dijo Priia.

Lani abrió los ojos como platos. Al parecer, en su dolor se había olvidado de que nadie sabía lo del embarazo. Miró a su alrededor. Los sirvientes habían salido de la habitación, pero aun así…

La expresión de A.J. se ensombreció y evitó mirarla.

–Ese niño dará sentido a nuestras vidas –continuó Priia entre sollozos–. Es muy cruel volver a pasar por el dolor de esta pérdida. Ahora que me estaba acostumbrando a su falta…

Lani le apretó la mano.

–Tenemos que seguir con nuestras vidas.

–Tengo algunas llamadas que hacer.

La voz de A.J. sonó ronca. Lani levantó la vista sorprendida mientras él abandonaba el comedor. Quería correr tras él y preguntarle detalles sobre la muerte de Vanu. Quería convencerse de que esa vez sí que estaba muerto.

También quería asegurarse de que todo seguía bien entre ellos.

Se le contrajo el estómago y sintió náuseas por primera vez en días. Tenía la sensación de que todo había cambiado entre A.J. y ella, que la inesperada reaparición de Vanu, incluso muerto, lo había estropeado todo.

***

A.J. recorrió el pasillo hecho una furia. ¿Cómo había podido creer que aquello funcionaría? ¿De verdad había creído que podría ocupar el lugar de Vanu, el hijo adorado que nunca hacía nada mal, y hacerse cargo de todo?

Era ridículo. Se debía de haber dejado llevar por la lujuria. Era difícil culparse porque, después de todo, Lani era una de las mujeres más bellas de la Tierra. Había dejado que el deseo afectara a su sentido común y que incluso creyera que sentía algo por él.

Pero lógicamente, no se había enamorado de él al poco de morirse su marido. Todavía estaba afectada, en especial con las hormonas alteradas por el embarazo. Había insistido demasiado y ella había reaccionado como se esperaba de ella, siendo la perfecta rahiriana, cuando lo cierto era que seguía enamorada de Vanu.

Se encerró en su habitación. Era la misma en la que había pasado su niñez y de la que se había marchado tan contento. Lo cual era de desagradecidos, ya que pocas personas se quejarían de tener una amplia habitación en un palacio real.

Para él había sido una prisión y ahora, de nuevo, empezaba a sentirse entre barrotes. Había estado a punto de vivir la vida de otra persona.

Descolgó el teléfono y apretó el número de la memoria de Jerry, su productor. Cuando Jerry contestó, fue directamente al grano.

–Volveré mañana.

—Pero creía que tu hermano había aparecido muerto.

—Así es.

—Disculpa, no quería parecer tan insensible. Siento su pérdida.

—Lo sé, gracias.

—¿No se supone que debes ocupar su lugar?

—No se puede sustituir a un dios y no pienso pasarme el resto de mi vida a su sombra. Me gusta la vida que llevo en Los Ángeles y quiero volver a ella.

—¿No es parte de la tradición que te cases con la viuda de tu hermano?

Jerry no podía disimular su curiosidad, demostraba el mismo interés que había llevado a la prensa hasta Rahiri.

—Sí, pero no pienso cumplirla. ¿Por qué obligarla a casarse con alguien por quien no siente nada?

Por no mencionar entregarle al bebé de su difunto esposo para que lo criara.

—Es un poco fuerte. Aun así, se os veía muy bien juntos en ese programa de televisión.

—Jerry, tú y yo sabemos mejor que nadie lo sencillo que es crear ilusiones ante la cámara.

—Cierto. Bueno, llámame cuando llegues y revisaremos algunos detalles.

—Perfecto.

A.J. colgó el teléfono. Durante unos cuantos días, había vivido una fantasía. El rey A.J. y su encantadora familia, reinando en la isla paradisíaca que era su hogar. Ya era demasiado empalagoso para una película, como para que ocurriera en la vida real.

Abrió el armario, tomó un montón de ropa de la barra y la metió directamente en la maleta. No necesitaba criados que se la doblaran. Se las había arreglado perfectamente sin ellos durante más de una década y no quería convertirse en un malcriado como Vanu.

Fue al baño, recogió de la repisa de mármol sus cosas y las metió en una bolsa de plástico. Miró a su alrededor y confirmó que había borrado todo rastro de su breve visita.

Ahora tenía que ver a Lani.

Sentía una presión en el pecho. Preferiría haberse ido sin verla otra vez. Por experiencia sabía que a su lado perdía el control. Había descubierto que era cariñosa y considerada además de guapa. Lo mejor habría sido que se hubiera marchado al terminar el funeral.

Habría preferido no descubrir lo receptiva y excitante que era en el sexo. Si así era como se comportaba con un hombre con el que se veía obligada a casarse, no quería ni imaginarse cómo sería si estuviera enamorada.

No, no tenía sentido pensar en suposiciones. No iba a tomar parte en aquella farsa de matrimonio de conveniencia. Cerró la cremallera de la maleta y tiró de ella. En breve llegaría al aeropuerto de Los Ángeles convertido de nuevo en un hombre libre.

No fue fácil encontrar a Lani. Recorrió el palacio y estuvo preguntando durante casi una hora a todo con el que se cruzó, hasta que dio con ella en un banco de piedra junto al estanque del jardín.

Lani levantó la vista al oírlo llegar.

–No te preocupes, no voy a quedarme.

Casi gruñó las palabras y enseguida se arrepintió de su tono hostil. Todo aquel lío no era culpa suya. Se había visto acorralada, al igual que él.

–Serás una buena reina hasta que el niño crezca. El consejo de sabios no necesita ayuda para gobernar el país, aunque estoy seguro de que agradecerán nuevas ideas sobre educación y…

–Dime que no te marchas de verdad.

–Sí. Me voy en el vuelo de esta noche. Sigo el rumbo que debería haber tomado el primer día.

Antes de dejarse seducir por ella.

Lani se quedó mirándolo, con expresión inalterable. Al parecer, se había quedado sin palabras. Aunque, ¿por qué iba a tener que decir algo? Ambos estaban cansados de fingir cosas que no sentían. Ella, que estaba encantada de tener que casarse con un desconocido y él, que estaba muy triste por la muerte de su despreciable hermano mayor. Ya estaba bien de tanta farsa.

–Será difícil para mi madre. Es lo único que siento.

Lani parpadeó.

–Sí. ¿Por qué te vas? ¿Es por mí?

–No, no es por ti.

Se pasó la mano por el pelo. Tenía que ser sincero con ella. Se lo debía después de lo que habían compartido los últimos días.

–Si acaso, tú eres la única razón por la que tomé la decisión de quedarme. Eres una buena mujer, Lani, además de muy guapa. Pero eres la esposa de mi hermano, no la mía. No puedo meterme en su vida y ocupar su lugar. Tengo una vida y ahí es donde necesito estar.

–Todo el mundo quiere que te quedes –susurró ella.

A.J. se enderezó.

–¿Todo el mundo? Lo dudo. No creo que la gente preste más atención a quién está en palacio que a cualquier programa de televisión. Voy a mandar un comunicado a la prensa para que no haya comentarios e intrigas.

–¿Has hablado con Priia ya?

A.J. sintió que el corazón se le encogía.

–Voy a decírselo ahora y sé que no será fácil.

–Se va a quedar destrozada.

–Lo sé, pero no puedo hacer nada.

Era mejor eso que casarse con una mujer que no lo había escogido a él y que nunca dejaría de ser la esposa de su hermano.

Lani bajó la cabeza, evitando su mirada. Quizá le molestara el hecho de que A.J. hubiera decidido anteponer los sentimientos a las obligaciones. Después de todo, ella había demostrado su disposición a sacrificarlo todo por el bien de Rahiri.

No estaba preparado para tanto rigor. Además, quería que ella fuera feliz.

–Espero que vaya bien el resto del embarazo –dijo con suavidad–. Y que tengas un buen parto. Ahora, podrás decirles a todos que el bebé es de Vanu y dejar de vivir una mentira.

Lani tragó saliva.

–Supongo que será lo mejor –dijo ella con tono inexpresivo–. Las cosas se estaban complicando.

–Eso debería haber sido la primera señal de que las cosas no iban por el camino correcto.

Deseaba tocarla una última vez, sentir la suavidad de su piel bajo la mano y respirar su delicado aroma.

Pero se resistió.

–Adiós, Lani.

–Adiós, A.J. –dijo ella levantando la vista con los ojos llenos de lágrimas–. Que tengas buena suerte. Espero que todo te vaya muy bien.

–Gracias. Lo mismo te deseo a ti y al bebé. Estaremos en contacto cuando las cosas se tranquilicen un poco.

Ella asintió y no se levantó del banco. Seguía sentada como una bonita estatua, con los dedos entrelazados sobre su vestido de seda.

A.J. se dio media vuelta y se fue antes de que pudiera cometer alguna estupidez.

Lani se hundió en el banco mientras él se marchaba. Ni siquiera tuvo fuerzas para correr tras él. Parecía normal, natural, que la dejara allí sola mientras él regresaba a su vida en Los Ángeles. Al fin y al cabo, ¿no era eso lo que ella había querido?

A.J. se había dejado llevar por la emoción de los funerales y las reuniones de Priia, y había llegado a convencerse de que quería volver a Rahiri. Pero Vanu lo había estropeado todo. La aparición de su barco había supuesto un freno en sus planes, lo que le había dado tiempo de darse cuenta de que no quería la vida que Priia había diseñado para Lani y él.

Le dolía y mucho.

Lani se llevó la mano al vientre e ignoró el vacío que parecía haberse abierto en su interior. Al menos tenía aquel bebé a quien cuidar y A.J. tenía razón, los sabios podían gobernar el país sin ayuda de nadie más. Lo habían estado haciendo mientras Vanu había sido rey, puesto que no había mostrado ningún interés en los asuntos del país. Rahiri estaría bien, pero ¿y ella?

No parecía justo disfrutar de la felicidad de aquella manera, para que a continuación le fuera arrebatada bruscamente.

Al principio había sido cautelosa con A.J., convencida de que se marcharía. Pero ahora que había llegado a conocerlo, deseaba desesperadamente que se quedara. Le había parecido que estaba sinceramente emocionado por criar al bebé con ella. Había confiado en que todo saldría bien y que, por fin, sería feliz.

Había esperado demasiado.

Unas semanas antes se habría alegrado de que la dejaran en paz. Por aquel entonces, todavía no sabía que estaba embarazada y, con la pérdida de Vanu, se había sentido aliviada. Ahora, deseaba formar la familia que siempre había soñado, con unos padres unidos como los suyos cuando era niña. Después, el matrimonio se había roto y su madre y ella habían regresado a Rahiri.

Dejó escapar un suspiro, tomó una piedra pequeña y la tiró al estanque. La llegada de A.J. lo había cambiado todo, incluso sus sueños.

Ya no quería que la dejaran en paz solo para no tener que soportar el trato cruel de un hombre al que odiaba. Ahora quería mucho más: cariño, conversación, humor y, por supuesto, la deliciosa y peligrosa pasión que A.J. había despertado en ella.

Pero A.J. no quería compartir su vida con ella. Había elegido volver a Los Ángeles y a la libertad. Allí no estaría atado con obligaciones hacia un país o una mujer.

La tristeza la invadió. Probablemente, A.J. estuviera en aquel momento contándoles a los periodistas sus planes de abandonar Rahiri y de dejarla a ella. En breve, ella misma tendría que comparecer ante ellos para asumir su papel de reina en solitario y anunciar su embarazo.

—Debemos detenerlo —gritó Priia desde un salón que daba al jardín—. Le he dicho que no puede irse.

—No podemos detenerlo.

141

Su suegra atravesó corriendo el jardín y se aferró a sus brazos.

—A.J. está de camino al aeropuerto. No puede dejarnos. Lo necesitamos.

—Ambas queremos que se quede —dijo Lani con suavidad mientras se ponía de pie—. Pero quiere irse y debemos dejar que lo haga.

—Puedo llamar al aeropuerto y pedir que no dejen despegar al avión.

—No puedes retenerlo a la fuerza —dijo Lani sacudiendo la cabeza—. Es su decisión.

—Pero decidió quedarse. En el banquete, nos anunció a todos que…

Una lágrima escapó de los ojos de Priia.

«Tú lo obligaste», pensó Lani, pero se mordió la lengua para no decirlo en voz alta.

No tenía sentido echar sal sobre las heridas de Priia. Por eso no era una buena idea ir tras él en ese momento. Forzar la situación no había servido en absoluto. A.J. había acabado yéndose y habían vuelto al punto de partida.

—Estaremos bien. El bebé será nuestro próximo rey o reina.

Priia levantó la mirada.

—Sí, el bebé. Oh, cariño —dijo, y respiró hondo—. Supongo que ahora podemos decirle a la gente que es hijo de Vanu.

Lani bajó la vista.

—Sí, no hay razón para no hacerlo.

Su suegra se secó las lágrimas con uno de sus pañuelos bordados.

–Es una bendición tener un bebé para recordarlo. De momento, tú reinarás. Hace mucho tiempo que Rahiri no tiene una reina –se le quebró la voz antes de poder continuar–. Tienes razón, querida. Tenemos que enfrentarnos a todos los desafíos que la vida nos depare con la cabeza bien alta. Doy gracias al cielo por traerte a nuestras vidas, dulce Lani. No sé qué haría sin ti.

Se abrazaron y Lani se sintió un poco más tranquila. Había estado bien antes de que A.J. llegara y volvería a estarlo.

Al menos, eso esperaba.

Capítulo Ocho

A.J. pensaba que la cobertura mediática de Rahiri cesaría una vez dejara de haber un director de Hollywood de por medio. Pero, al parecer, él no era la mayor atracción. Hacía un mes que había vuelto a Los Ángeles y los programas de entretenimiento y la prensa del corazón recogían a diario los últimos cotilleos y especulaciones del palacio.

Había subestimado el poder que tendría la belleza de Lani en la imaginación colectiva. La gente no parecía cansarse de su bello rostro. Sus facciones exóticas gustaban y todo el mundo deseaba saber más de ella y de su fabulosa vida.

Lo que no resultaba de ayuda puesto que no podía dejar de pensar en ella.

Cruzó el vestíbulo y recogió el correo de la mesa. Le había pedido a su equipo de comunicación que le mandara un resumen de todo lo que se publicaba sobre Rahiri, no solo porque le afectaba personalmente, sino para saber qué estaba pasando por si alguien le preguntaba.

Repasó las últimas noticias, esforzándose en no detenerse en las fotografías. Hubo una que le llamó especialmente la atención, una foto en la que aparecía Lani de perfil que captaba la curva de su nariz y el brillo de sus ojos dorados. Lo habían cortado a él de la foto. Ahora, era el malo de la película, el que la había abandonado por continuar con su carrera y volver a perseguir minifaldas en Los Ángeles.

Tenían razón en parte.

El haber desaparecido del panorama solo había servido para aumentar el interés de la prensa por Lani y sus infortunios: una guapa princesa, que recientemente había enviudado y a la que su nuevo novio le había dado calabazas. Su embarazo había sido una bomba informativa. La pobre y abandonada Lani, sola para criar a un hijo sin nadie que se preocupara por ella.

Sabía que no era cierto. Tenía casi cincuenta empleados a su servicio y una suegra que rara vez la dejaba un momento en paz.

Otro de los artículos hablaba del montón de hombres que habían enviado sus datos y fotos con la esperanza de que los eligiera como marido. Estaba bastante seguro de que aquellas solicitudes eran desechadas nada más llegar al palacio, pero no pudo reprimir una sensación de envidia.

Lo que resultaba ridículo, puesto que Lani acabaría casándose con alguien.

A.J. dio media vuelta y volvió a la cocina. Su casa siempre le había parecido un lugar tranquilo, pero últimamente le resultaba deprimente. Todos aquellos muebles blancos y negros le parecían estridentes y pretenciosos después de los artesanales de madera que había en el palacio.

Al menos, estaba ocupado. Las sesiones de edición de *Hellcat* se alargaban hasta la noche y estaba enfrascado en la preproducción de la siguiente película.

Eso suponía que no tendría tiempo de revisar todo lo que se publicara en Internet sobre la próxima coronación de Lani. Ya sabía la clase de vestido que llevaría y las joyas que se pondría, y cómo las palmas de sus manos estarían pintadas con zumo de bayas y su cuerpo impregnado de polen dorado. Lo sabía no porque hubiera crecido en el palacio, sino porque lo había leído en la prensa.

En un par de ocasiones había visto a Lani posando ante las cámaras con una sonrisa forzada. Podía imaginarse a su madre detrás de los focos, diciéndole que pusiera su mejor cara. Pero a él no lo engañaba. Sus labios mostraban una sonrisa, pero no había alegría en sus ojos.

Quizá fueran imaginaciones suyas. Tal vez lo que él deseaba era que se hubiera quedado triste y lánguida desde que se fuera. Ya había avisado que no estaría allí para la coronación. Así podrían alabar las virtudes de Vanu y comentar que él nunca habría sido un buen rey.

Además, no quería ver a Lani. Era demasiado pronto y no estaba seguro de ser inmune a su sonrisa. Su olor lo volvería loco. Tenía muy fresco el sabor de sus labios y muy reciente el dolor de haberla dejado.

Pero era lo mejor. Él no era Vanu y no quería pasar el resto de su vida a la sombra del recuerdo de su hermano. Prefería pasar página y explorar nuevas fronteras. A propósito del tema, una antigua conquista le había dejado un mensaje en el contestador automático. Una belleza danesa que había interpretado un pequeño papel en una de sus primeras películas iba a estar en la ciudad dos semanas y quería quedar con él. Probablemente le iría bien para apartar de su mente a Lani.

Fue a por el teléfono y escuchó de nuevo el mensaje. ¿Por qué no llevarla el viernes al estreno de la nueva película de Spielberg? Sería una buena compañía y le gustaba bailar. Podían ir a cenar y luego a la nueva discoteca de la que todo el mundo hablaba.

Pero había algo que le impedía marcar el número.

Volvió a la cocina. El resumen de prensa con todos los artículos estaba desperdigado en la encimera, con aquella foto encima del todo. Los enormes ojos de Lani, brillantes con lo que los demás creerían felicidad, parecían mirarlo directamente a él, como cuando les habían hecho la foto.

A.J. respiró hondo. Con el tiempo la olvidaría, pero hasta entonces, no era justo salir con otra mujer. Estaría mirándola y deseando que fuera Lani. Sería mejor esperar a que empezara a olvidar sus cálidas caricias y el dulce sonido de su risa.

También le iría bien dejar de pensar en ella durante cinco minutos seguidos.

Lani se despertó en su habitación y se quedó mirando al techo. Contar ovejas no le servía de nada. Incluso el bebé parecía estar intranquilo. Era imposible dormir cuando había algo que la estaba devorando por dentro.

Se había prometido no contar a nadie la verdad sobre Vanu. Había fingido un matrimonio feliz y había dejado que su suegra recordara a su hijo mayor como un modelo de virtudes.

Pero algo que había dicho A.J. le hacía pensar que había sido ella con su silencio la que lo había hecho irse. La consideraba la esposa de Vanu y pensaba que no podía instalarse en la vida de su hermano y ocupar su puesto.

No se había dado cuenta al principio, pero últimamente no podía dejar de pensar en ello. ¿Pensaría de forma diferente si supiera que odiaba a Vanu y que se alegraba en secreto de su muerte?

Tal declaración dejaría al desnudo su alma. A.J. podría despreciarla por su deslealtad y, si Priia se enteraba, se sentiría profundamente herida tanto por la traición de Lani hacia Vanu como por la idea de que su hijo no era el hombre amable que recordaba.

También estaba el bebé, el hijo de Vanu. Si le contaba a la gente que Vanu era frío e insensible, él también acabaría enterándose de cómo era su padre.

Pero si no se lo contaba a nadie… Aquellos pensamientos la atormentarían y la mantendrían despierta todas las noches durante el resto de su vida.

Hacía poco más de un mes que A.J. se había ido, treinta y tres días exactamente, y todavía lo echaba de menos. No había sabido nada de él en todo ese tiempo, excepto por comentarios de terceros que le habían dicho que no iría a la coronación. Recordaba la sensación de su cuerpo junto al suyo, como si acabara de salir de la habitación. A solas por la noche, se imaginaba su aliento sobre su piel y oía su voz susurrándole al oído.

Si lo llamaba por teléfono, podría escuchar realmente su voz. Podría contarle la verdad acerca de Vanu y confesarle sus pensamientos. Sí, tendría que vivir con las consecuencias de esa decisión, pero ¿había algo peor que vivir en medio de aquella sarta de mentiras y medias verdades?

Se incorporó y puso los pies en los mosaicos fríos del suelo. Se llevó la mano al vientre para hacer acopio de fuerzas, sin estar segura de que aquel plan precipitado fuera a ser bueno para el bebé.

Buscó a oscuras por la habitación y encontró el teléfono encima de la cómoda. Rara vez lo usaba, puesto que normalmente iba a ver a su madre o a sus amigos para hablar con ellos, como hacía la mayoría de la gente en Rahiri.

Pero la ciudad de Los Ángeles estaba muy lejos para ir a hacer una visita.

Eran poco más de las dos de la madrugada, medianoche en Los Ángeles. No era una buena hora para llamar. Su corazón latía con fuerza. Debería dejar el teléfono y volver a la cama.

En lugar de eso, abrió el primer cajón y sacó un trozo de papel doblado con la dirección y el teléfono de A.J. en Los Ángeles. Los había encontrado un día en una vieja agenda de Priia y los había anotado sin saber muy bien para qué.

No dejaba de repetir el número como un mantra. Sabía que A.J. contestaba todas las llamadas que recibía, así que estaba segura de que contestaría fuera la hora que fuese. Y pasada la medianoche, probablemente estuviera en casa.

Al menos, eso esperaba. Pero ¿y si estaba en los brazos de una estrella en ciernes?

Respiró hondo y se llevó el teléfono a la boca. Daba igual. No iba a llamarlo para rogarle que volviera ni para decirle que lo amaba y que no podía vivir sin él. Su única intención era contarle la verdad sobre Vanu para así sentirse mejor.

Y para oír su voz una última vez.

Marcó con dedos temblorosos el número y empezó a sonar. ¿Por qué había decidido llamarlo tan tarde? No era de buena educación. Probablemente se molestara. Acarició el botón de colgar mientras contenía la respiración.

Entonces, A.J. contestó.

—¿Hola?

Al oír su voz se estremeció. No sabía qué decir.

–Hola, A.J.

–¡Lani!

Parecía sorprendido. Probablemente se habría dado cuenta al ver el número que la llamada era de Rahiri, pero no esperaría que fuera ella. Nunca antes habían hablado por teléfono.

–Sí, soy yo –dijo y se quedó en blanco–. ¿Cómo estás?

–Ocupado. ¿Cómo estás tú?

Lani empezó a dar vueltas por su habitación. No era así como se había imaginado la conversación, como si de un cortés intercambio de saludos entre desconocidos se tratara.

–Estoy bien.

Quería decir mucho más, hablarle de sus sentimientos y de lo mucho que lo echaba de menos.

–¿Y el bebé?

–Bien, al menos eso creo. Mañana tengo cita con el médico, pero me encuentro muy bien –contestó, evitando hablar de las náuseas–. Siento llamarte tan tarde.

–¿Mi madre está bien? –preguntó preocupado.

–Sí, está muy ocupada con las celebraciones de la coronación. Te echa mucho de menos –dijo–. Te he llamado para decirte algo.

–Ah.

¿Qué pensaría que iba a contarle? ¿Que lo amaba y que quería que volviera? ¿Cómo decirle que odiaba a su hermano?

–Se trata de… de Vanu y yo.. Nosotros no… no estábamos… No lo amaba.

A.J. no dijo nada. Se lo imaginaba pensativo, con el ceño fruncido.

–No me gustaba. Era frío conmigo, incluso cruel –continuó–. Lo odiaba –añadió sin dejar de dar vueltas por la habitación.

Las palabras quedaron suspendidas en el aire. Ya no podía retirarlas.

–¿Qué has dicho? –preguntó A.J. en un susurro.

Lani se quedó de piedra. ¿Se habría quedado horrorizado por su confesión?

–Lo siento. Tal vez no debería haberlo dicho. Sé que era tu hermano y que no debería hablar mal de un muerto. Ahora ya sabes cómo soy de verdad. ¿Ves? No soy tan inocente como pensabas y…

–Yo también lo odiaba.

–¿Cómo?

–Lo odiaba. ¿Qué te hizo? –preguntó A.J. con una nota de preocupación en la voz–. ¿Te hizo daño?

–Físicamente no, pero era cruel. Se burlaba de mí y me menospreciaba. Luego era todo sonrisas cuando había gente alrededor.

–No puedo creerlo –comentó incrédulo.

–Es la verdad.

–No quiero decir que no te crea. Por supuesto que te creo, porque eso es exactamente lo que solía hacerme a mí.

–Nunca dijiste nada.

–Tú tampoco.

–No quería ofenderte.

–Lo mismo digo –repuso él y soltó un suspiro–. No puedo creer que hayamos sido tan respetuosos con su memoria cuando ninguno de los dos lo soportaba.

–Tu madre no tiene ni idea de que era así –dijo Lani, y respiró hondo–. No quería que lo supiera.

–De niño solía decírselo, pero no me creía. Para ella siempre fue su dulce príncipe. Mi hermano sabía muy bien cómo salirse con la suya cuando quería.

–Lo sé, era como vivir con dos personas completamente diferentes: el Vanu público y el Vanu privado –dijo ella sintiéndose aliviada–. Traté de hacerle feliz, pero después de un tiempo me di cuenta de que lo que le hacía feliz era hacerme daño.

Se estremeció al recordar su último encuentro, aquel en el que se había quedado embarazada. ¿Por qué no contarle eso también a A.J.? No quería que pensara que se había acostado voluntariamente con Vanu después de todo lo que le había hecho durante años.

–No quería tener un hijo suyo. Me forzó, dijo que era mi marido y que podía hacer lo que quisiera, que era su derecho.

Sabía que no había sido amor, ni siquiera placer lo que Vanu había buscado. Había pretendido infligir dolor y abusar de su poder.

–Te violó –dijo con voz ronca–. Si siguiera con vida, lo mataría. Era un psicópata. No me di cuenta hasta mucho después de irme. A lo largo de los años me ha servido de inspiración para los papeles de malvados. Siempre pensé que era una suerte que no estuviera interesado en reinar o se habría convertido en un dictador.

–Creo que era demasiado perezoso para eso –dijo Lani riendo–. Y no le gustaba la gente. Debió de costarle mucho trabajo fingir ser normal.

–¿Por qué lloraste cuando te enteraste de que estaba muerto?

–Lloré de alivio. Tenía mucho miedo de que apareciera con vida y me volviera a hacer sufrir. Todas aquellas mañanas despertando junto a su rostro enojado y oyéndole criticar todo lo que hacía.

–¿Por qué no le contaste a nadie que Vanu era un canalla sádico? ¿Habrías estado casada con él para siempre si no hubiera muerto?

–Trataba de ser valiente. No quería hacer daño a tu madre y provocar un escándalo en la familia real. Mi madre siempre me enseñó que una mujer no debía lavar sus trapos sucios en público. Nunca hablaba de su matrimonio ni de su divorcio –dijo Lani pasándose una mano por el pelo–. Sabía que asumía una gran responsabilidad cuando me casé con el futuro rey. Pensé que debía vivir con mi error.

–Igual que habrías cumplido con tu deber de casarte conmigo si no me hubiera marchado.

Lani no supo qué decir. Era cierto. Después de conocer a A.J., se había dado cuenta de que aquel deber habría sido un placer. Pero no quería tentar a su suerte diciéndoselo. Lo había llamado para contarle lo que sentía por Vanu, no para obligarle a hacer nada.

–¿Por qué has decidido contármelo ahora?

–No lo sé –contestó Lani y tragó saliva–. Solo quería contarte la verdad.

–No vayas a ninguna parte.

–¿A qué te refieres?

–No salgas del palacio.

–¿Por qué no? –preguntó mirando detrás de ella.

Últimamente se sentía vigilada, con la prensa por todas partes y gente haciéndole fotos cada vez que miraba por la ventana.

–Así sabré dónde encontrarte –dijo él con voz autoritaria.

¿Por qué iba a querer encontrarla? ¿Pensaba volver para regañarla por ocultar la verdad durante tanto tiempo? Solo había intentado proteger el buen nombre de la familia.

La verdad había sido su enemiga desde que llegara al palacio. Y todavía había algo que guardaba en el fondo de su corazón: nunca le diría a A.J. que lo amaba.

–Joe, ¿sigues teniendo el avión? –preguntó A.J. mientras iba de un lado para otro de su habitación, sacando ropa y metiéndola en una bolsa de viaje.

–¿Sabes qué hora es?

Joe y él habían compartido piso en su época de estudiantes, y seguían manteniendo la amistad. Joe era ahora un exitoso representante de actores, además de un apasionado de los coches y los aviones.

–Sí, tarde, pero no puedo esperar a que amanezca.

Cada segundo lejos de Lani era una agonía, pero no quería atormentar a otras personas con su desesperación.

–¿De qué estás hablando? ¿Adónde tienes que ir con tanta prisa?

–A casa, a Rahiri.

–Pensé que considerabas Los Ángeles tu hogar.

–Es complicado. Escucha, necesito llegar a Rahiri lo antes posible.

–No me lo digas. Esa medio esposa tuya tiene algo que ver con esto.

–Lani. Sí, necesito verla.

«Y acariciarla y abrazarla y besarla, si es que me deja».

–Creo que todo el mundo en Estados Unidos quiere verla desde que la prensa le dedica tanta atención. Creo que la mayoría de la gente no había oído hablar de Rahiri hasta que oyó hablar de los dos tortolitos.

–¿Por qué soy amigo tuyo?

–Al parecer, porque tengo un avión. Y sí, te llevaré, pero no hasta que amanezca.

–Te quiero, Joe.

–Por lo que parece, no soy el único al que quieres. Nos veremos en la pista.

A.J. respiró hondo. En unas cuantas horas volvería a ver a Lani. La distancia entre ellos era una tortura y necesitaba verla cuanto antes. No había querido seguir hablando con ella hasta tenerla cara a cara.

Todavía estaba oscuro cuando llegó al aeropuerto, pero no se sorprendió al ver las luces encendidas del avión de su amigo. Joe estaba fuera haciendo unas últimas comprobaciones y se rio al verlo llegar.

–Sabía que llegarías pronto. Suerte que vine nada más colgar. El aparato está preparado.

–De verdad que te quiero –dijo A.J. sonriendo y dejó su bolsa de viaje dentro de la diminuta cabina.

Para cuando amaneció, ya estaban sobrevolando el océano. Pararon en Hawái para repostar y desayunar. Siete horas más atravesando el océano y llegaron a su destino.

El corazón le empezó a latir con fuerza al reconocer la primera de las islas que marcaban la ruta hacia Rahiri. ¿Estaría Lani enfadada con él por estropear sus planes y dejarla en la estacada?

Por supuesto que lo estaría. Habría tenido que soportar la curiosidad insaciable de la prensa, mientras se ocupaba de su embarazo y de los preparativos de la coronación.

Pero lo había llamado a una hora en la que nadie se enteraría solo para contarle la terrible verdad que tanto tiempo llevaba ocultando. Aunque no le había pedido que volviera, en aquel momento nada podía detenerlo.

–¿Es un viaje de ida y vuelta o esta vez vas a quedarte para siempre? –preguntó Joe sacándolo de sus pensamientos.

–Todo depende.

–De Lani la encantadora.

–Veo que lo has entendido.

No iba a obligarla a hacer algo que no quisiera. Toda mujer tenía derecho a elegir a su marido.

–¿Qué te ha hecho cambiar de opinión respecto a ella?

A.J. se quedó pensativo. Seguramente le había hablado a Joe de su hermano mayor, pero no le había confesado su malicia. Por lo general, prefería dejar a Vanu en el pasado. Eso era lo que los había separado a Lani y a él. Aun así, no quería contarle nada sin preguntarle a Lani. Si prefería que los detalles de su primer matrimonio siguieran siendo secretos, respetaría su decisión.

–Quizá haya recuperado el juicio.

–Pues no vuelvas a perderlo. Es un vuelo muy largo para hacerlo sin previo aviso.

–Aprendo cosas nuevas cada día, hermano. Esta vez quiero que todo salga bien.

–¿Ya te he dicho que el matrimonio no es apto para cardíacos?

Joe había estado casado tres veces y pasaba generosas pensiones a sus tres exmujeres.

–Muchas. Probablemente seas responsable en un cincuenta por ciento de que tenga miedo al matrimonio. Eso y el hecho de que la tasa de divorcios en Los Ángeles sea de alrededor del setenta por ciento.

–¿Cuál es la tasa de divorcios en Rahiri?

–No tengo ni idea. Hace diez años que no vivo allí. La madre de Lani es divorciada, pero supongo que fue en Estados Unidos.

–Tú asegúrate de que no te pase.

–Primero me tengo que casar.

Era algo que había vuelto a considerar. Seguramente sería más fácil si no perteneciera a una familia real, pero la idea de convertir a Lani en su esposa le hacía sentir una gran emoción.

El sol ya había salido cuando divisaron Rahiri.

–No vayas al aeropuerto, dirígete directamente al palacio. Hay una pista larga y pavimentada, flanqueada de palmeras, en la que podemos aterrizar.

–La última vez, tu madre se enfadó mucho.

Ya lo habían hecho unos años antes, cuando A.J. volvió para una reunión familiar con un grupo de amigos.

–Ya la he llamado y le he dicho que estábamos en camino. No quería que nos pegaran un tiro al acercarnos ahora que todo el mundo está paranoico. No le ha gustado mucho la idea, pero sobrevivirá.

A.J. miró hacia abajo por la pequeña ventanilla. Ya distinguía los tejados del palacio. Lani estaría allí en alguna parte. ¿Cómo reaccionaría cuando lo viera?

Joe aterrizó con destreza el avión en la pista. Los latidos de A.J. se dispararon. Tan pronto como el avión se detuvo, un grupo de personas salió del palacio y se acercó corriendo.

–¡A.J.! ¿No te había dicho que no volvieras a aterrizar aquí? Es peligroso, podría haber un agujero o una rama atravesada.

–Las palmeras no tienen ramas, mamá –dijo A.J., y le dio un abrazo–. ¿Dónde está Lani?

–Se está probando el vestido para la coronación. Está en el salón de ceremonias porque la iluminación allí es mejor. Eh, ¿adónde vas?

A.J. se había soltado del abrazo de su madre y corría al palacio, directo al salón de ceremonias. No sabía cómo reaccionaría Lani ante su repentina llegada, pero en aquel momento no le importaba. Lo único que ansiaba era verla. Los pasillos del palacio se le hicieron interminables mientras los recorría.

–¿Ha vuelto para reclamar el trono? –preguntó un periodista junto al marco de una puerta situada a su izquierda.

–¿Cómo ha entrado?

A.J. se dirigió hacia él, alterado por aquella invasión de su intimidad.

–¿No soportaba ver a la esposa de su hermano ocupando el trono? –preguntó una periodista a su espalda, con una cámara de fotos.

–¡Guardias! Hay intrusos.

Enseguida se vieron rodeados. Los criados corrieron por los pasillos y los periodistas empezaron a llegar a través de las ventanas sin cristales que rodeaban el palacio y que daban a los jardines de alrededor.

A.J. forcejeó con un hombre y gritó a los criados que no permitiesen que nadie se acercase a Lani. Los periodistas, que llevaban semanas aburriéndose en los alrededores del palacio, empezaron a ponerle los micrófonos en la cara.

–¿Ha vuelto para quedarse?

–¿Va a empezar la grabación de la quinta entrega de *El buscador de dragones*?

–¿Ha pilotado el avión?

–¿De verdad es suyo el bebé?

–¿Echa de menos a Lani?

Aquella última pregunta lo hizo levantar la cabeza y sus ojos se encontraron con los de un periodista que apenas conocía.

–Sí, he echado de menos a Lani.

El puñado de reporteros se quedó en silencio.

–¿Ha vuelto por ella?

–He vuelto para verla.

No quería decir más. No estaba seguro de que Lani quisiera verlo después de haber prometido delante de todo el mundo que se casaría con ella para después romper el compromiso.

—¿Quiere casarse con ella?

—Creo que es prematuro. Yo...

Algo llamó su atención por detrás de la cabeza del reportero y miró hacia el largo pasillo que conducía al interior del palacio.

Lani. Flanqueada por dos guardias, a escasos metros de él. Su rostro estaba pálido e inexpresivo.

A.J. avanzó por entre los periodistas. Se la había imaginado tantas veces, con sus ojos de color miel, su larga y sedosa melena cayéndole por los hombros y sus dulces sonrisas, que la imagen parecía haberse hecho realidad ante él.

Pero al acercarse, Lani pareció encogerse y se quedó mirando por detrás de él.

—Vayamos a donde podamos hablar.

Ella asintió.

—Aseguraos de que no nos persiguen —dijo A.J. a los guardias.

Tomó a Lani del brazo y se dio cuenta de lo tensa que estaba antes de que ella lo apartara. ¿Qué pensaría de su repentina aparición?

Capítulo Nueve

Lani caminaba tan rápido como podía junto a A.J. Sus pensamientos corrían en todas direcciones. ¿Por qué estaba allí y tan de repente? La esperanza se mezclaba con el miedo y la expectación mientras se alejaban de aquellos periodistas hacia el interior del palacio.

–Por aquí.

A.J. abrió una puerta que daba al salón del trono. Ella pasó a su lado consciente de su imponente físico y de la energía que siempre fluía entre ellos.

La escasa luz provenía de un pequeño tragaluz en el techo. El enorme trono, una mole cuadrada de basalto negro grabado con símbolos tan antiguos que nadie sabía interpretar, destacaba en medio de la estancia.

A.J. cerró suavemente la puerta tras ellos.

–Tenía que volver inmediatamente para disculparme.

–¿Por qué?

Tenía mucho por lo que disculparse, así que no quería que llegara a la conclusión equivocada. Además, no sabía qué más decir.

–Me siento como un estúpido. ¿Por qué no

163

me di cuenta de que Vanu había convertido tu vida en un infierno?

A.J. se dio la vuelta y empezó a pasear por la habitación, desapareciendo en la semioscuridad.

–Lo mantuve en secreto hasta que no pude más.

–Antes de tu llamada a medianoche, ni siquiera me había dado cuenta de que me estaba dejando llevar por mis miedos e inseguridades. No quería vivir una vida siendo el sustituto de mi hermano, tan amado y querido por todos –dijo y sus ojos brillaron en la oscuridad–. Pero ese hermano nunca existió. El hombre que murió solo se preocupaba por sí mismo. No puedo dejar que ese hombre me aparte de Rahiri o de ti.

La tomó en sus brazos y ella apoyó la cabeza en su pecho, sintiéndose segura y reconfortada por primera vez desde que encontraran el barco de Vanu.

–He echado de menos tu sonrisa –dijo él acariciándole los labios.

–Y yo tus risas.

–Echo de menos reírme. Últimamente no lo he hecho demasiado.

A.J. le acarició la espalda y sus dedos despertaron una oleada de sensaciones.

–Yo tampoco.

Su boca se acercó a la de ella, lo suficiente como para sentir su aliento. Se estremeció. ¿Aquello era real? ¿De veras había vuelto A.J.? ¿Iba a salir todo bien?

Era demasiado esperar. Aun así, allí estaba rodeándola con sus brazos. Era algo con lo que había soñado desde que se fuera.

–He echado de menos tus besos –susurró ella.

–Y yo los tuyos –dijo, y le dio un beso cerca de los labios–. Pero quizá no me merezca más.

–Tal vez tú no, pero yo sí –replicó mirándolo con los ojos entornados.

–Cierto.

Acercó los labios a los de ella y los acarició con la lengua antes de besarla apasionadamente.

Los pezones de Lani se endurecieron contra el pecho de él y deslizó las manos por su espalda, disfrutando de la fuerza de sus músculos. Se sentía segura, a pesar de que no le había hecho ninguna promesa.

Había aprendido a no dar nada por sentado excepto el presente.

–Me alegro de que hayas vuelto –susurró Lani.

Aunque no se quedara, siempre tendría aquel momento para recordar, en el que se había sentido segura, completa y amada.

–Te he echado mucho de menos. Traté de olvidarte y de distraerme con las películas, las fiestas y todas las cosas que solían gustarme, pero ya nada de eso me divierte si no es contigo.

–Yo también te he echado de menos. Pero me dejaste y no pude hacer nada para impedirlo.

–Excepto llamarme –dijo él acariciándole la mejilla.

–Me daba miedo contar la verdad. No sabía si

te enfadarías o pensarías que me había vuelto loca.

—No deberías haber soportado los disparates de Vanu —dijo A.J. levantándole la barbilla para encontrarse con su mirada—. Deberías haberle dicho que era un desgraciado y haberlo abandonado.

Lani tragó saliva. En su corazón guardaba la única verdad que todavía no le había contado a nadie.

—Se lo dije. Aquella noche, después de que… me forzara. Le dije que podía matarme si quería, pero que no seguiría casada con él ni un día más. Le dije que lo odiaba.

A.J. se quedó mirándola fijamente.

—Y por eso se marchó y salió a navegar.

—Y murió. Por cierto, ¿cómo murió? Nadie me lo ha contado, supongo que para no herir mis sentimientos.

—No se sabe con certeza —contestó A.J. antes de apartar la mirada—. Tan solo encontraron el esqueleto. Hay muchos animales y pájaros en esa isla. Pero era él sin duda alguna. Cotejaron los dientes con su ficha dental. Nunca más volverá.

Lani no supo qué decir.

A.J. tomó su mano.

—No es culpa tuya que esté muerto.

—Deseaba que muriera. Sé que no está bien, pero es la verdad y no puedo cambiarla.

—Era culpa de Vanu que te sintieras así y yo mismo lo habría matado por dejar tanta tristeza y culpabilidad en tu corazón. Tienes que olvidarlo.

–Me gustaría. Tal vez por eso necesitaba contarte la verdad. Tenía que contárselo a alguien.

–¿Tenías miedo de que no te creyera?

–Un poco. También tenía miedo de que no te importara.

–¿Porque te abandoné? –dijo A.J., y al ver que Lani asentía, continuó–. Sabes que lo hice por mi relación con Vanu. Hace mucho tiempo que decidí no hablar de él. Quería olvidarlo y dejarlo en el pasado. Creo que es lo que deberíamos hacer los dos.

–No podemos hacerlo.

–¿Por qué no?

–Porque estoy esperando un hijo suyo.

–Cuesta creer que haya alguien ahí dentro.

Lani tragó saliva. ¿Pretendía ser un padre para aquella criatura o simplemente su tío?

–Vanu no criará a tu hijo. Todos sus genes proceden de mi madre y mi padre, y de ti. No hay razón para que la sombra alargada de Vanu caiga sobre ese bebé. Lo criaremos con afecto y amor.

–Y, si tiene algún problema, no fingiremos que no existe. Haremos lo que podamos por ayudar. Estoy cansada de fingir que las cosas son perfectas cuando no lo son. He perdido mucho tiempo tratando de ser amable y hacer que todo funcione. Intentar que todo parezca perfecto ocultando la verdad es la raíz de nuestros problemas.

–Tienes razón –dijo él ladeando la cabeza–. He pasado mi vida de adulto inventando historias para la gran pantalla. Creo que mi infancia me preparó realmente bien para ello.

–A partir de ahora, nos enfrentaremos a los problemas que surjan y hablaremos abiertamente de ellos.

–Prometido –dijo A.J. mirándola–. Te quiero, Lani.

Ella se quedó de piedra. No sabía cómo interpretar aquellas palabras. ¿Qué era el amor? Había intentado amar a Vanu y había fracasado. Había sentido algo muy fuerte por A.J., pero no había sido hasta que él se había marchado y la había vuelto a dejar sola cuando se había dado cuenta de que lo amaba.

Quería decirle que ella también le quería, pero le pareció demasiado precipitado, puesto que no sabía cuáles eran sus intenciones.

Lani se acercó y lo besó en la boca. Llevada por tantas emociones, era incapaz de asimilar todos los sentimientos que invadían su mente y su cuerpo.

Una ardiente sensación la asaltó al sentir los brazos de A.J. rodeándola por la cintura. Ella se aferró a él, tirando de su camisa hasta que se la sacó de los pantalones.

Sus besos se volvieron más frenéticos mientras ella le desabrochaba los botones y descubría su pecho. Luego, buscó el cierre del cinturón. Deseaba fundirse con el cuerpo de A.J., perderse en él y disfrutar de que estuviera allí.

Sintió un cosquilleo de excitación en los pezones al rozarlos contra el pecho desnudo de A.J. bajo el fino tejido y lo besó por el rostro y el cuello mientras le quitaba la camisa.

Los ojos de A.J. brillaron de pasión al desabrocharle el vestido y dejar que cayera al suelo.

Impaciente, Lani empujó sus vaqueros hasta bajárselos por los muslos. Después, él acabó de quitárselos y se quedó cubierto únicamente por la pálida luz que se filtraba por la claraboya.

Lani se estremeció al ver su erección. A.J. la atrajo hacia él y se inclinó para besarla, dejándola sin respiración. Lani le devolvió el beso con toda la emoción que había contenido desde su marcha. El dolor se mezcló con la pasión, recluyéndolos en un intenso abrazo que los aislaba del mundo.

Lani sintió que A.J. la levantaba del suelo y la tomaba en sus fuertes brazos. Sin abrir los ojos, dejó que la llevara donde quisiera. Era una sensación agradable dejar de pensar y de preocuparse, y dejarse llevar por él.

La dejó sentada sobre una superficie de piedra que contrastaba con la calidez de su cuerpo. La sensación la hizo estremecerse, mientras él se colocaba ante ella, con su miembro a la altura de su sexo.

–Ya –le suplicó.

Necesitaba sentirlo dentro. Quería que llenara el vacío que había dejado al marcharse.

A.J. la penetró lentamente, atrayéndola hasta el borde de la piedra y haciendo que lo rodeara con las piernas por la cintura. Lani gimió al sentir que se hundía en ella, y una sensación de calma y felicidad estalló en su interior. Mientras A.J. se movía lentamente, ella se estrechó contra él y lo abrazó con fuerza.

«Le quiero».

Aquellas palabras se formaron en su cabeza a la vez que la sensación invadía su corazón. Pero ¿era suficiente? Debería serlo. El amor y todas aquellas sensaciones la desbordaron y gimió mientras A.J. no paraba de embestirla.

La besó suavemente y la levantó sin soltarse de su abrazo. Luego, se colocó sobre la superficie de piedra, dejándola sentada sobre él y con los pies apoyados en el trono.

A.J. le lamió el cuello y ella arqueó la espalda, provocando que se hundiera todavía más. Lani descubrió que aferrada a su cuello y haciendo fuerza con los pies, podía moverse arriba y abajo sobre él. A veces con un ritmo más rápido y otras más lento, se dejó llevar por las sensaciones.

El placer fluía por su cuerpo y quería disfrutarlo al máximo. Apenas había gozado en los últimos años y quería alargarlo todo lo que pudiera.

Por los sonidos que emitía A.J., él también estaba disfrutando. Sus manos no dejaban de recorrerla, acariciándola y sujetándola a la vez.

Lo besó empujando la lengua dentro de su boca al compás de sus embestidas. La sensación era deliciosa. Con A.J. podía arriesgarse y hacer toda clase de cosas sin miedo a sentirse juzgada.

Lani recorrió a besos su rostro y acarició su pelo, embriagándose del olor masculino de su piel. Aunque estaba cerca de alcanzar el orgasmo y casi podía empezar a sentir las convulsiones, se contuvo. Aminoró el ritmo y se apartó cuando estaba a punto de estallar. Por un lado, quería seguir y dejarse llevar; por otro, quería prolongar aquella experiencia todo lo que pudiera.

Seguía sin saber por qué había vuelto A.J. ni por cuánto tiempo. Le había dicho que la quería, pero sabía que el amor no era suficiente. En aquel momento, no importaba. Lo que compartía con A.J. era más maravilloso que lo que había conocido en sus años de matrimonio y, si eso era todo lo que iba a tener, podía sobrellevarlo.

Volvió a besarlo, absorbiendo su esencia y saboreando la dulzura de sus besos como si fuera la última vez que fuera a tocarlo. Disfrutó de cada caricia de sus manos y de la fuerza de su vientre contra el suyo. Se movió lentamente, como si pudiera alterar el paso del tiempo y prolongar el presente infinitamente.

–Me estás torturando –susurró A.J. junto a su oído.

–Tal vez te lo mereces –dijo ella acariciándole la espalda.

–Así es. Pero con este tipo de castigo, deberías animarme a portarme mal más a menudo.

–Quizá lo haga –replicó Lani oprimiendo sus pechos contra él–. Parece que disfruto infligiendo tormento.

Cambió ligeramente de postura y sintió que A.J. se movía en su interior.

–Debería haberme dado cuenta de que había más en ti de lo que a simple vista se aprecia.

–Te lo dije la primera vez que nos vimos –respondió ella, y abrió los ojos.

–Lo hiciste. Tal vez eso fue lo que llamó mi atención. Luego, la forma en que me besaste…

–Te diste cuenta de que tenía un lado oscuro.

–O delicioso. Los dos me gustan.

A.J. le lamió los labios y ella se estremeció.

–¿Crees que es posible que saquemos lo peor que hay en el otro?

–Completamente –contestó él, levantándole la barbilla para que lo mirara–. ¿Por qué si no íbamos a estar haciendo el amor en el trono?

Lani gimió y bajó la mirada.

–Oh, no.

–Oh, sí. ¿En dónde pensabas que nos habíamos sentado?

–No lo sé. No me había parado a pensarlo.

–Nunca imaginé que fuera tan… cómodo. No puedo dejar de preguntarme si alguien habrá hecho esto antes.

–No sabemos tanto de las costumbres y usos de los antiguos. Quizá esto fuera exactamente lo que hacían.

–En mi opinión, muy sabio por su parte. Tal vez podríamos retomar la costumbre.

–Creo que ya lo hemos hecho.

A.J. cambió el peso de su cuerpo y se hundió más profundo dentro de ella. Lani arqueó la espalda y se estremeció a escasos segundos de perder el control. ¿De veras podía ser aquello un nuevo comienzo? Si A.J. se quedaba y se convertía en rey, cualquier cosa podría ser posible, tanto para Rahiri como para ella.

«¿Vas a quedarte?».

No dejaba de repetirse aquellas palabras, pero se mordió la lengua por miedo a estropearlo todo. Había vuelto y eso era suficiente.

Lani se apoyó en él y empezó a sacudirse de nuevo, dejando que aquellas deliciosas sensaciones se apoderaran de ella. Esa vez no paró y los arrastró hasta el límite del placer, donde los pensamientos y las emociones se mezclaban y los cuerpos se unían en uno.

Cuando por fin abrió los ojos de nuevo, estaban tumbados sobre el pulido basalto. Nunca antes había reparado en lo grande que era aquella roca volcánica.

–¿Y si hemos roto un viejo tabú? –preguntó Lani.

–Yo diría que los viejos tabúes están para romperlos.

Unos golpes en la puerta hicieron que se incorporaran.

–Alguien llama.

A.J. no se movió.

–No me sorprende. Hemos desaparecido.

–¡Venga! No querrás que sepan lo que hemos

estado haciendo –dijo ella levantándose y poniéndose el vestido.

–¿Por qué no? No es ningún delito.

–Puede que lo sea si afecta al trono.

–Si llego a ser rey, puedo concedernos el in-
dulto –dijo subiéndose los pantalones–. Y lo mismo si te conviertes en reina. Aunque tenemos
que decidir si nos merecemos el perdón.

Volvieron a llamar a la puerta y Lani se sobresaltó.

–No te preocupes, está cerrada con llave –dijo
A.J. guiñándole un ojo.

–¿Qué vamos a decir que estábamos haciendo? –preguntó Lani poniéndose las sandalias.

–Déjame pensar –dijo A.J., y empezó a abrocharse la camisa lentamente–. Podemos decir
que no nos poníamos de acuerdo sobre quién debía acceder al trono, así que vinimos para ver a
quién le sentaba mejor.

–¡Eres tremendo!

–Lo sé, pero es la verdad, ¿no?

–No hemos hablado de quién va a acceder al
trono –protestó Lani.

–¿Quieres ser reina? –preguntó él, y se quedó
mirándola.

«Solo si tú eres el rey».

–Lo cierto es que no. Más bien, me veo obligada a serlo.

–En algunas sociedades, la gente se mata por
ocupar el trono. En otras, nos encantaría ceder la
corona que nos obligan a aceptar –comentó A.J.

acabando de abrocharse la camisa y metiéndosela por el pantalón–. Admito que también me siento mal por ello.

–Te arrepientes de haber entregado la corona.

–Poco me importa la corona. Me arrepiento de haber perdido a Rahiri. Es un pequeño gran país, pero podría ser mejor. Estoy seguro de que los sabios quieren lo mejor para la gente, pero no tienen la energía ni la visión de una persona más joven que ha vivido en otra cultura y ha conocido nuevas ideas.

–He estado pensando en eso. Necesitamos más mujeres médicos y ¿por qué no?, más mujeres en el consejo de sabios también.

–Estás preparada para asumir el puesto de reina –declaró A.J. mirándola sorprendido.

¿Había dicho algo inadecuado? ¿Pensaría que no lo quería allí porque ya estaba lista para gobernar el país?

–Tenía que prepararme. No tenía otra elección –dijo ella encogiéndose de hombros.

–Eres la única persona que no tenía elección en todo esto –comentó A.J. frunciendo el ceño–. ¿Qué es lo que quieres, Lani?

«A ti».

¿Por qué no podía decirlo? ¿De qué tenía miedo, de que se asustara y se fuera?

–No te gusta hablar de ti –aseguró él ladeando la cabeza y mirándola con los ojos entornados–. Piensas que tus secretos están más seguros si te los guardas.

–Te he contado la verdad de mi matrimonio con Vanu.

–Ha sido un buen comienzo, pero quiero saber más de ti, lo que piensas, lo que quieres de verdad.

Esa vez, una voz acompañó a los golpes en la puerta.

–¿Hay alguien ahí? Vamos a echar la puerta abajo.

–¡Oh, no! –exclamó Lani desde detrás del trono.

–Esperad –retumbó la voz de A.J.–. Estoy aquí con Lani y estamos bien.

Lani estaba nerviosa. Nunca se le habían dado bien las palabras. No le gustaba hablar de ella.

–No has contestado a mi pregunta –dijo A.J. ignorando el revuelo de fuera–. ¿Qué quieres?

¿Y si le decía que quería que se quedara? ¿Y si lo hacía y era infeliz? ¿Se sentiría culpable?

–No sigas ocultándome tus pensamientos –insistió A.J. acercándose a ella–. Lo estás complicando todo.

–Quiero que te quedes y te conviertas en rey.

Una mezcla de alivio y miedo le nubló la cabeza.

–Eso para mí, pero ¿qué quieres para ti?

«Quiero ser tu esposa».

No, de ninguna manera iba a contestar eso. Le obligaría a pedirle que se casara con ella y no quería hacerlo.

–¿Por qué no puedes decirlo? –preguntó, poniendo una mano sobre el hombro de Lani.

–Porque no sé lo que quiero. Lo único que sé es que no quiero que te vayas. Quizá soy muy superficial o estúpida para ti. Esperas que tenga grandes sueños sobre mi destino –dijo limpiándose una lágrima–. Pero no los tengo. Soy una sencilla mujer del pueblo. Solo quiero tener a mi bebé y ser feliz.

A.J. se quedó mirándola. Las lágrimas empezaron a correr por sus mejillas y no hizo nada por detenerlas.

–No tengo una formación ni soy especialmente inteligente –continuó Lani–. Hago lo que puedo por ayudar a la gente que me rodea e intento hacer lo correcto. Y a veces hacer lo correcto no te hace sentir bien…

–No te subestimes, Lani. Eres valiente y fuerte, y creo que eres capaz de cualquier cosa. Hagas lo que hagas, no dejes que la opinión de Vanu cambie la forma en que te ves. Yo ya he pasado por eso.

–Y eres un reconocido director, es un gran logro.

Con razón no quería abandonar la carrera que tanto le había costado construir.

–Lo cierto es que ser director es muy parecido a ser rey –dijo secándole una lágrima–. Tienes que conseguir que muchas personas diferentes estén contentas mientras las guías para convertir en realidad tu idea. Estoy empezando a darme cuenta de que mi carrera en el cine ha sido la preparación perfecta para la ocupación que de verdad quiero desempeñar.

–¿No echarás de menos Hollywood?

–No tanto como os he echado de menos a ti y a Rahiri.

Su voz cálida le llegó hondo a Lani. También había un brillo diferente en sus ojos. Aquella mirada reflexiva no la había visto antes.

–Creo sinceramente que necesitaba vivir allí una temporada y disfrutar, pero ha llegado el momento de volver a casa.

Las últimas palabras quedaron suspendidas en el aire y resonaron contra el suelo de piedra.

Aquel intenso momento se vio interrumpido por unos golpes en la puerta.

–A.J. Rahia, ven aquí ahora mismo.

–Tu madre –dijo Lani sin poder evitar sonreír–. Seguramente esté hasta el moño de los periodistas.

–¿Qué manera es esa de hablar al rey? –preguntó A.J. arqueando una ceja.

Lani respiró hondo.

–¿De verdad te vas a quedar para convertirte en rey?

–Solo si tú eres mi reina.

A.J. tomó su mano en la suya y le sostuvo la mirada mientras ponía una rodilla en el suelo.

–Lani, ¿quieres casarte conmigo?

Capítulo Diez

A.J. contuvo el aliento mientras dos lágrimas surcaban las mejillas de Lani.

–Te he echado mucho de menos, A.J. Cuando te fuiste, casi no pude soportarlo. Quería enfadarme contigo por dejarme, pero no podía. Eres el hombre más cariñoso y tierno que conozco y… Te quiero.

A.J. sintió que se le encogía el corazón. Aun así, seguía sin contestar a su pregunta. ¿Seguiría creyendo que se sentía obligado a casarse con ella?

–Yo también te quiero, Lani. Y quiero casarme contigo porque quiero ser tu esposo, no porque mi país espere eso de mí. Tu belleza me sedujo desde el primer momento, pero tu carácter generoso y de entrega me robó el corazón. Quiero pasar el resto de mi vida contigo.

A.J. se metió la mano en el bolsillo y sacó un envoltorio de papel de seda. No le fue fácil desenvolverlo sin soltarla de la mano. Tenía miedo de que se fuera, incluso de que se evaporara en aquel ambiente tan húmedo.

Por fin logró sacar la joya. Lani ahogó un grito al verla.

–Es precioso.

–Es de la mejor joyería de Los Ángeles.

–¿Lo tenías planeado?

–Solo desde las dos de la mañana. Tuve que sacar a mi amigo Niall de la cama. Es diseñador de joyas y sabía que tendría algo perfecto para una reina. ¿Quieres que comprobemos si te queda bien?

Lani asintió y A.J. empujó suavemente el anillo de oro en su dedo, antes de que la piedra preciosa cayera hacia un lado.

–Te queda un poco grande.

–Haremos que lo ajusten. Es precioso y me encanta –dijo ella con los ojos llenos de lágrimas–. Y sí, quiero casarme contigo.

A.J. la tomó en brazos y dio varias vueltas. Debía de tener una enorme sonrisa en los labios.

–A.J., cariño…

La voz no era de Lani, sino de su madre, desde el otro lado de la puerta.

–¿Crees que ha estado escuchando? –susurró él.

–Probablemente –contestó Lani sonriendo–. Se me había olvidado que estaba ahí.

–A mí también. Me olvido de todo cuando estoy a tu lado. ¿Crees que deberíamos darle la buena nueva? ¿Estás preparada para soportar de nuevo el caos?

–Tendremos que hacerlo antes o después –dijo ella encogiéndose de hombros–. Será mejor que acabemos con ello cuanto antes.

A.J. la tomó de la mano y se acercaron a la puerta, que estaba cerrada desde dentro con un enorme cerrojo de hierro. Lo corrió y volvió a tomarla de la mano mientras abría la puerta y la luz inundaba la estancia.

Como esperaban, había un buen puñado de personas flanqueando a su madre. Sus mejillas estaban encendidas, por lo que supo que estaba agitada.

—Hola, mamá.

—¿Qué estabais haciendo ahí?

—Eso queda entre Lani, el trono y yo. He vuelto para quedarme y Lani ha accedido a casarse conmigo.

Su madre se quedó boquiabierta. Luego, abrazó a Lani.

—¡Qué noticia tan maravillosa!

Los flashes de las cámaras lo cegaron.

—¿Quién va a ocupar el trono? —preguntó alguien con acento inglés.

—Los dos. Reinaremos juntos hasta que nuestro hijo tenga edad para hacerlo.

—Pero ¿el bebé no es hijo de Vanu? —preguntó una estadounidense, colocándole el micrófono debajo de la nariz.

—Vanu ya no está entre nosotros. Yo seré un padre para ese niño y lo querré como si fuera mío.

—¿Seguiréis haciendo películas?

—Sí. Tengo algunas ideas para rodar en Rahiri —dijo él mirando a Lani.

–Sería una lástima que A.J. desperdiciara su talento creativo.

A.J. la rodeó con un brazo.

–Rahiri ha cambiado mucho. Tenemos mejores colegios y hospitales. Tenemos teléfonos móviles y televisión por satélite. Pero las cosas importantes siguen siendo las mismas. La gente se preocupa por los demás y por la tierra y el ecosistema en los que viven. Tenemos costumbres y culturas que conservamos y disfrutamos como hicieron nuestros antepasados. Lani y yo deseamos prolongar el legado de mi padre.

Las cámaras se dispararon y A.J. sonrió. Después, continuaron contestando más preguntas hasta que A.J. decidió que había llegado el momento de volver a la calma.

–Ahora debo pedirles que abandonen el palacio. La familia necesita un poco de intimidad.

Lani sintió un ligero picor en la nariz mientras Priia le aplicaba el tradicional polen en las mejillas con una brocha de maquillaje.

–Te da un brillo especial. Deberíamos llevarlo todos los días –dijo su suegra sonriendo.

–No creo que a las abejas les gustara, pero proporciona una agradable sensación de suavidad.

Lo mismo que su vestido de seda, un tejido de delicados colores bordado con hilo de oro. Había llevado uno parecido para su boda con Vanu, pero esa vez todo era diferente, tal vez porque no le resultaba todo tan desconocido como la primera vez. Ahora, conocía a todo el mundo en el palacio y aquel ya era su hogar. La ceremonia no era más que la manera de dar la bienvenida a A.J. en su vida.

—¿Dónde está A.J.?

—También se está preparando, cariño. Trae mala suerte ver al novio antes de la ceremonia.

Lani suspiró. Un abrazo de A.J. la tranquilizaría. No estaba nerviosa por la boda en sí, ni por convertirse oficialmente en reina. Aunque lo habitual era que el rey pronunciara un discurso durante la ceremonia, A.J. había insistido en que ella dijera también unas palabras, simbolizando así su igualdad como monarcas. Sabía que tenía razón y que era lo mejor, pero ¿y si se quedaba en blanco sin saber qué decir ante toda aquella gente?

El timbre de su teléfono la sobresaltó.

—¿Hola?

—¿Cómo está mi futura esposa?

La cálida voz de A.J. ayudó a que sus músculos se relajaran.

—Nerviosa, pero bien. ¿Y mi futuro esposo?

—Estaré mejor cuando estemos a solas esta noche y nos quitemos las coronas.

—Sé cómo te sientes. Parece que fuéramos a participar en una especie de fiesta de disfraces, no en una coronación real.

—Es una fiesta de disfraces, con coronas de verdad. Lo único que tenemos que hacer es sonreír y mostrarnos regios. Tú tienes más práctica que yo.

–Nunca se me ha dado bien. Siempre me he sentido como una pastora que hubiera entrado en palacio y la hubieran tomado por una princesa.

–Es fácil de imaginar, teniendo en cuenta lo guapa que eres.

Lani se rio.

–¿Cómo te las arreglas para hacerme sonreír siempre?

–Eso es porque me quieres y te ríes hasta de mis peores chistes.

–Debe de ser eso –dijo Lani, y suspiró de felicidad–. Te quiero. Nunca pensé que conocería el amor verdadero, sobre todo después de mi primer matrimonio. Ha sido una sorpresa.

–No hay nada mejor que una sorpresa cuando menos la esperas, al menos, esa ha sido siempre mi teoría como director –comentó A.J., e hizo una pausa antes de continuar–. Por cierto, estaba pensando en lo de anoche.

–Deberíamos haber reservado energías para hoy –dijo Lani mirándose al espejo.

–Estaríamos más nerviosos. Es mejor haber quemado algo de adrenalina –dijo A.J. con voz suave y seductora–. Ni el polen fresco puede competir con el resplandor de una mujer sexualmente satisfecha.

–Estás haciendo que piense en lo que no debo

–replicó Lani sonrojándose–. Quizá deberíamos hablar del producto interior bruto de Rahiri.

A.J. se rio.

–Y de lo mucho que está creciendo debido a la venta de recuerdos de nuestro enlace. Por cierto, es hora de dirigirnos al salón del trono. Intenta no pensar en lo que hemos hecho allí.

Lani respiró hondo. ¿Sería capaz de concentrarse en aquella ceremonia ancestral recordando lo que habían hecho sobre aquella vieja roca de basalto?

–Nos veremos allí, si no me desmayo por el camino.

–Estaréis bien, Majestad.

Lani sonrió al colgar. Con A.J. a su lado, todo era posible.

Epílogo

Tres años más tarde

–Es una suerte tener una sala de proyecciones en casa –dijo Lani después del enésimo intento de A.J. de sentar a Puaiti en una de las butacas de terciopelo.

Los créditos de *El buscador de dragones 6* ya aparecían en la pantalla.

–Sí, parece que no le ha llamado la atención la película –repuso A.J.–. Pero supongo que no forma parte del público al que va dirigida.

–Le daría un ataque si no la viera –intervino Priia–. Siempre tiene que estar en medio de la acción, como su padre.

Miró orgullosa a A.J. Todos sabían que para Priia, A.J. y no Vanu, al que rara vez mencionaban, era el padre de Puaiti.

Al parecer, Puaiti había salido a A.J. en todo, incluyendo su pasión por las películas, aunque a la edad de tres años, las princesas de Disney eran sus favoritas. Su hermana, Maya, dormía en brazos de Lani. Era capaz de dormirse en cualquier parte, lo que era una suerte teniendo a Puaiti alrededor.

—Ray ha hecho un buen trabajo. Yo no lo habría hecho mejor.

—Creo que tú habrías añadido más acción a la escena de la persecución en el puente —dijo Lani acariciándole la cabeza a Maya.

A.J. se quedó mirándola con un brillo divertido en los ojos.

—¿Cómo sabías que estaba pensando eso?

—Bueno, he visto tus películas unas cuantas veces junto a tu mayor seguidora —contestó Lani sonriendo a Priia.

—A.J. habría hecho la película más emocionante, pero aquí en Rahiri lo necesitamos más.

—Mamá, ¿no echas de menos ir de compras a Rodeo Drive? Ahora ya no tienes excusas para viajar a Los Ángeles e ir de compras.

—Cariño, gracias a ti y a tus iniciativas para incentivar el turismo, ya no me hace falta. Pronto abrirán tienda Chanel y Fendi.

Lani sonrió.

—Maya me ha dicho que quiere unos pañales de marca —dijo, y guiñó un ojo a A.J.

A ambos les gustaba hacer bromas sobre la pasión de Priia por las marcas de lujo.

—Chica lista —dijo Priia ofreciéndole los brazos a la pequeña—. ¿Por qué no me la dejas y os vais a ver la puesta de sol? Sé que nuestra princesita más pequeña no te ha dejado tranquila ni un momento en toda la semana. Puaiti y yo le leeremos un cuento a Maya, ¿verdad, Puaiti?

La niña buscó un libro en la estantería.

A.J. tomó de la mano a su esposa y salieron al porche mientras Priia empezaba a leer el cuento.

El sol se estaba poniendo abajo en el valle y entre los sonidos del atardecer, se distinguía la cascada.

–¿Estás cansada? –preguntó A.J. acariciándole la mejilla.

–En absoluto.

Se sentía enérgica y le rodeó la cintura a su marido antes de besarlo. Parecía estar más guapo desde que se había convertido en rey.

–Quizá deberíamos escabullirnos al salón del trono y cerrar la puerta con llave para que nadie nos moleste.

Los ojos oscuros de A.J. brillaron con pasión.

–Me gusta cómo piensas.

En el Deseo titulado
A las órdenes de Su Majestad,
de Jennifer Lewis,
podrás continuar la serie
REALEZA REBELDE

Deseo

ENSÉÑAME A AMAR

HEATHER MacALLISTER

Después de que el chico con el que creía estar saliendo le dijera que ella no era una mujer a la que un hombre pudiera considerar su novia, Marnie LaTour decidió hacer algunos cambios en su vida. Iba a convertirse en una mujer fatal costase lo que costase.

Pero no había previsto que fuera a resultarle tan fácil atraer a los hombres... especialmente cuando llevaba puesta aquella falda que era un imán para el sexo opuesto. Y era obvio que no pasaría mucho tiempo antes de que el duro Zach Renfro sintiera el poder de la falda sobre él...

La respuesta estaba en la falda...

¡YA EN TU PUNTO DE VENTA!

Bianca.

Una noche de amor y un secreto que permanecería oculto

Angel Urquart no estaba preparada para eso. ¿Un rodaje en una isla paradisíaca? Sí. ¿Trabajar con Alex Arlov? Definitivamente, no. Seis años antes, Alex la había tratado con una pasión con la que ella ni siquiera soñaba; pero a la mañana siguiente se comportó de tal manera que Angel decidió borrarlo de su memoria.

El reencuentro con Angel avivó recuerdos que Alex creía perdidos; recuerdos de un deseo olvidado. Y no había motivo alguno por el que no pudiera disfrutar de otra noche de amor con ella. Pero Angel tenía un secreto que cambiaría sus vidas.

Secreto al descubierto

Kim Lawrence

Deseo

¿EL HOMBRE APROPIADO?

NATALIE ANDERSON

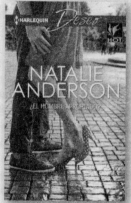

Victoria pensaba que el tranquilo y predecible Oliver era el hombre perfecto para casarse, pero cuando conoció a Liam, su amigo rebelde y espectacularmente guapo, empezó a sentir emociones turbadoras, cargadas de una tórrida sensualidad… ¡por el hombre equivocado!

Entonces Oliver se arrodilló ante ella y llegó el momento de decidirse: ¿qué debía dominar en el amor, la cabeza o las hormonas?

Victoria estaba a punto de descubrir la verdad sobre hombres como Liam… y que, en la vida, tomar una u otra decisión podía cambiarlo todo.

¿Te quieres casar conmigo?

¡YA EN TU PUNTO DE VENTA!